同门

亦舒
- 作品 -
28

CTS
湖南文艺出版社
HUNAN LITERATURE AND ART PUBLISHING HOUSE
博集天卷
CS-BOOKY

同门

目录

同门

壹·

三个孤儿，
类似的命运，
大家都是混血儿。

黄昏，巴黎的逢东广场，一个穿着名贵西装，看上去踌躇满志的中年男子自丽池酒店大门走出来等车。

他一眼就看到马路对面有一个美女自时装店出来。

凭他的生活经验，一公里外都嗅得出谁是美人，谁不是。

这个年轻女子秀发如云，穿淡蓝色香奈儿套装，身型苗条，胳臂是胳臂，腰是腰，一双长腿在短裙下显露尽本钱。

谁，这是谁家的禁脔？长相这样姣好的年轻女子怎可能名花无主。

来接他的车子已经驶近，可是他仍然贪婪地看着她，等她转过脸来。

就在这个时候，有一群吉卜赛流浪儿从街角走出来接近她。

中年男子立刻在心中嚷：糟糕。

果然，那三四个衣衫褴褛的孩子走近她，伸手向她讨钱。

她两只手都挽着购物袋，手袋挂在肩上，一时手足无措。其中一个小流氓欺侮她落了单，索性去抢她的手袋，并擅自打开，准备捞钱。

中年男子忽然见义勇为，扑到马路对面，大声吆喝，赶走流浪儿。

那群吉卜赛流浪儿不甘心，朝男子身上扔香蕉皮，终于还是拔脚逃走，无影，来与去，都像一阵风。

他用英语问那女子："没有事吧，可有损失？"

一边蹲下，帮那女子拾起地上的名店购物袋。

他轻轻说："一个人出来购物，需当心呢。"

他的司机大声叫他，他只是不理。

女子抬起头来，他看到她五官，呆住。

他女朋友出名的多，自诩识尽华裔美女，可是他还没有见过这样精致的面孔，如此水灵的大眼睛。

他闻到一阵甜香，好色的他略觉晕眩。

女子伸手替他扫一扫肩上遗留的香蕉皮，说法语：“谢谢，非常感谢。”

她自他手中接过袋子。

他不愿放她走：“小姐，贵姓，可否喝杯咖啡？”

她扬起头，那晶莹的皮肤在夕阳下像是半透明的。他第一次了解到了秀色可餐这个词，光是看，手不动，也是享受。

只听得她说：“我的车子来了。”

他帮她拉开车门：“小姐，可以再见个面吗？”

她微微笑，不回答。上了车，关上车门，车子绝尘而去，留下他惆怅地站在街上。

这时，他的司机气呼呼过马路来。

他问司机：“她是谁？她可是住在丽池酒店？”

司机顿足：“刘先生，你的钱包！”

他骤然清醒，伸手去摸胸前荷包，立刻发觉外套里袋里的大叠现款、腕上的金表，以及裤袋里买来送女友的一枚粉红钻戒，全部失踪。

“噫。”他失声。

最重要的倒不是这些，最要紧的是一份合作建议书，他一直亲自带在身边，预备今晚见到那帮越南人时递上。是他的家属打算到胡志明市投资，费尽九牛二虎之力，总算搭到门路与越南人开会，不料遭到扒手光顾。

前后不过三分钟时间。

司机说：“刘先生，我已大声叫你注意。”

“你为什么不过来拆穿她？”

司机不敢出声。

大家在这地头上找生活，坏人衣食，怕有麻烦。

中年男子立刻回酒店去叫助手取合约副本。

他一边烦，一边对那双水灵的大眼睛怀念不已。

她会是小偷？

只要她说一句话，他自动剥下衣服送上所有都可以。

那刘姓商人的灵魂并没有归位。

那女子上了车，立刻脱掉假发，换了衣服，卸妆，完全换了个样子，现在，她看上去像个女学生。

司机笑笑说："马到成功。"

她答："托赖。"

她把从那男人身上捞来的东西摊开查看。

将美金及法郎塞进裤袋，看了看那枚心形足有拇指大的粉红钻戒，交给司机，"找尚彼埃脱手。"

司机转过头来接过。

呵，原来她也是个年轻女子，比伙伴还要小几岁，一脸稚气。

"文件可得手？"

"在这里。"

当下她将车子驶入横街一间车行内，两人一起下车。自然有人接应，把一辆深色小房车交给她们。

两个人随即到和平露天咖啡座去。

在灰紫色天空下，她们分两张桌子坐下。

有人过来笑说："金瓶，你早。"

金瓶正是那个使异性晕乎乎的美女，她说："太阳都下山了，还早呢。"

那人是一个中年女子，交一个信封给她，“你妈妈叫我给你。”

金瓶把信封放进手袋，把扒来的文件交给对方。

“你不点一点数目？”

“章阿姨，我不信你还信谁。”

那章阿姨亲昵地吻金瓶脸颊，然后离场。

金瓶喝完咖啡，轻轻站起来，尽管已经卸去装扮，换上白衬衫卡其裤，但她的美好身段仍然吸引了男人的目光。

一辆摩托车啪啪地驶过来停下，她踏上去，戴上头盔，双臂抱紧司机的腰身，脸靠在他背上。

司机把车驶往右岸。

一路他问：“玉露呢？”

金瓶简单地回答：“到补习社去了。”

司机说：“我们回家去吧。”

金瓶忽然无限缠绵地说：“说你爱我。”

“我要左转了，扶紧。”

夜深了，那个姓刘的生意人在旅馆酒吧喝闷酒。

半晌，他的助手来了，面如死灰。

刘氏无比恼怒地说：“我真不明白，一切条件已经谈妥，就待签字，怎么会在最后关头悔约，越南人太不可测。”

那助手轻轻说：“有人出的条件比我们更好。”

“人家不可能知道我们出价高低。”

“我刚才打听到，有人在我们签约前半小时提出更佳条款作为比较，对我方秘密了如指掌，终于得到了那笔生意。”

刘氏像遭雷劈中似张大了嘴：“黎胖子！”

“对，是那个扒手。”

“你完全不懂，那扒手要我的合约何用？”

“卖钱。”

“幕后主使绝对是黎胖子，我同这个人势不两立，回去我要叫他好看。”

“刘先生，我真不明白，你千年道行，怎么会叫一个扒手得手？”

他不出声。

“听说是美人计？”

他仍然紧闭双唇。

“刘先生，你身边全是顶级美女，照说，这一招对你来说，最是无效。”

老刘仍然沉默。

这是他的奇耻大辱，他以后都不会再提这件事。

他正在沉思，回去怎样向老父交代签约失败这件事。

那边，摩托车在一幢老式公寓前停住。

铁闸内是一座天井，有一株老橙树，正开花，尚未到结果季节，独有香味，甜畅心扉。

金瓶走上楼去淋浴更衣。

她一贯用极烫的热水，双肩淋得通红才肯罢手，像是想洗掉极难除去的污垢一样。

披着浴袍，她喝下大瓶冰冻啤酒。

忽然听得身后有人讥笑：“一点仪态也没有。”

金瓶不用回头也知道这是谁。

“你几时回来的？”

“法语老师说我仍有右岸口音，全得改过来。”

金瓶也承认：“是，我俩的法语确实不及英语好。”

“师兄呢？”

“出去了。”

“连你都留不住他？”玉露的语气十分讽刺。

金瓶到底大几岁，微笑地答：“我算老几，不过同门学艺，他为什么要听我的。”

这时，女佣敲门进来：“师傅叫你们。”

金瓶答：“马上来。”

她立刻更衣，玉露亦不敢怠慢，马上收敛起笑脸。

师傅就住在她们楼上。

她俩走出公寓门，自公共楼梯走上去。

女佣斟出咖啡。

一面黑纱屏风后有张金黄色缎面的贵妃榻，师傅坐在那里由人做按摩。她用手招她们过去，不分季节，不管室内室外她手上都戴着手套。

“章阿姨称赞你们呢。”

“是长辈过奖。”

金瓶把那只装有酬劳的信封轻轻放在茶几上。

师傅嗯了一声。

金瓶走近一点。

黑纱屏风是古董，上面绣着栩栩如生的昆虫，一只青绿色的螳螂正欲捕蝉，一只黄雀全神贯注在后边瞪着它。

只听得师傅说：“金瓶，你有黑眼圈，可是疲倦，抑或心中渴望什么？”

“我是有点焦虑。”

“可要度假？”

“我有话想说。”

“好，你说。”

金瓶像是考虑怎样开口。

玉露诧异：师姐想说什么呢？她何来胆子，居然与师傅对话。

师傅转了一个姿势，好让按摩师捏她腰部。

黄色缎子上织出一只只小小精致的蜜蜂，那是拿破仑的皇室标志。

终于金瓶说：“一向以来，我们都不知道信封里是什么。”

师傅的语气一点也没有变，她答：“你想知道？那不过是一张银行本票，用来支付灯油火蜡，你们的学费及生活费，病了看医生，近视配眼镜，牙齿不齐配牙箍，还有，订购时装，缴付房租。”

真的，这笔开销，长年累月，非同小可。

师傅感喟：“把你们三个带得这么大了，不惜工本，乘飞机从来不搭经济舱，暑假送到瑞士学烹饪，冬季在阿士本滑雪，春假到罗华谷看酿酒，感恩节往黄石公园露营，请问，有何不妥？”

“我们——”

“你只是代表你自己，别用‘我们’这两个字，你师弟师妹不一定有什么不满。”

金瓶终于说：“外边都采用经纪人制度了。”

师傅在屏风后坐直了，声音仍然不愠不火：“你想怎样？”

“师傅，得来的酬劳，你不如抽百分之三十或四十，余者让我们平分吧。”

“你可与师弟谈过这个问题？”

“有，他知道赵氏门生都采取这种合作方式，他们管理方式十分现代，收入都摊开来分配。”

“你对我这种家长式经营表示不满？”

金瓶轻轻说：“这一行渐渐式微，很难有新人入行，玉露也许是最后一个，我不打算收徒，无人养老，总得为自己打算。”

玉露屏息，金瓶说得虽然是事实，但是语气不甚客气。

“你已有离心，羽翼已成，打算自立门户，可是这样？”

金瓶这时也十分佩服师傅，听到徒儿提出这样的要求，她的声音仍然不愠不火。

金瓶说：“我一向敬佩师傅。”

师傅接过她的话：“只是时代已变。”

忽然之间，师傅徒弟一起笑出来。

“你几岁开始跟师傅找生活？”

“五岁，我在浦东出生。”

“你为何流落街头？”

金瓶的声音无悲也无喜，她据实答：“生父把我寄养在一名亲戚家中，随即失踪，一年多不付生活费。一日亲戚带我逛街，转头失去影踪，叫我流落街头。”

“没想到你还记得。”

金瓶说：“我记得很清楚，肚子饿身体脏，头上有巴掌大的冻疮，一直流脓，乳齿因营养不良逐颗落下。”

玉露还是第一次听到平日既美又骄的师姐的故事，不禁惊骇。她扶着一张椅子，慢慢坐下。

金瓶仍然笔直地站在师傅面前。

“后来呢？”

金瓶知道师傅的用意。

“后来师傅把我自乞丐头子手中领了去，将我洗干净，让我上学，教我手艺。”

“对，十五年之后，你反客为主，叫我抽百分之三十佣金给你。”

“师傅，我已经为你工作了十五年。”

“金瓶，我不想多讲，新式合作方式不适合我。你要不照老规矩，要不离开这里去自立门户。”

她一口拒绝。

金瓶低下头。

“你尽管试试看。”

“秦聪会跟我一起走。”

师傅放下咖啡杯：“爱走的，立刻可以走，不必等到明天。”

这种管理手法，其实十分现代，谁要走，尽管走，恕不挽留。公司至多结业，绝对不威胁。

“玉露，你留下来，我有事给你做。”

金瓶一个人走出师傅的书房。

秦聪坐在栏杆上等她。

英俊的他穿着蓝布裤白衬衫，看到师姐灰头土脸地出来，微微笑。

“一看你那晦气样，就知道谈判失败。”

金瓶不出声，坐在石阶上。

秦聪移到她身边。

“现在，师傅知道你已经有了离心。”

“她一直知道我的想法。”

“你真舍得走？”

“我总得为自己着想。”

“你哪里有师傅的关系网络。”

“可以慢慢来。”

秦聪摇摇头：“此心不息。”

“我要是走的话，你跟不跟我来？”

秦聪笑笑，不答。

稍后他说：“我一直记得师傅是我的救命恩人。”

金瓶知道秦聪并不姓秦，他是华人与菲律宾女子所生，在孤儿院长大。金瓶八岁那年才见到师傅把他领回家，当时秦聪已经高大。

秦聪笑：“那年我们住在香港缆车径，记得那个地方吗？”

“记得。第一次吃果仁巧克力，以为果仁是核，吐到地上。”

“那时你已是小美人。”

“美，美在何处？皮肤上的老茧在医生悉心照料下一块块褪下，露出新肉，像个怪物。”

“可是你的十指在我们三人之中最灵活。”

金瓶举起那十根尖尖的手指笑了。

“何必离开师傅，我打算送她归老。”

“我却想结婚生子，过正常人生活。”

“金瓶，别奢望，你我本是社会渣滓，应当庆幸侥幸存活。”

“秦聪，我不如你乐天知命。”

秦聪吻她的手。

金瓶忽然轻轻说：“秦聪，说你爱我。”

他们背后传来嗤一声笑。

秦聪转过身去：“过来，小露。”

“师傅叫我们去伦敦工作。”

“几时出发？”

“后日。”

玉露坐到秦聪的膝上。

三个孤儿，类似的命运，大家都是混血儿。

金瓶有高加索血统，皮肤雪白，大眼睛有蓝色的影子；秦聪黝黑，似南欧人；小露啊，她来自越南的孤儿院，她有一头卷发。

金瓶站起来：“我累了。”

“去休息吧。”

橙花香更加馥郁，当中夹杂着一股略为辛辣的香味。金瓶知道师傅正在吸烟，她老怨身子痛，一吸就好。今午，那姓刘的商人闻到的，也正是这种烟。

她走进寝室和衣躺下。

真是，生活得像千金小姐一样，夫复何求。

许多行家，还得在人潮里，逐只荷包扒，里边或许只十块八块，弄得不好，还会被抓住打一顿。

枕着雪白羽绒枕头，回忆纷沓。

金瓶怎么会认识那帮吉卜赛流浪儿？她也曾是他们中的一分子。

几岁就出来混：“先生，买枝花，先生，买枝花给你漂亮的女朋友吧。”不到一刻，事主的背囊腰包已被锋利的小刀片割烂，财物全失。

一日，她照常在火车站找生活，忽然警察队伍扫荡扒手，不到片刻，已有二三十名扒手落网，垂头丧气，押解上猪龙车。

其中包括她那帮的乞丐头子在内。

小小女孩落了单。

站在她不远处，有几个大人在看热闹，他们衣着光鲜，分明是来消费的游客。

两男一女，一个胖一个瘦。胖的比较老，瘦的年轻，那女子约二十多岁年纪，一张脸漂亮得像画出来的一样。她穿的大衣，镶有一条皮草领子，每当她说话，呼出气来，那银灰色长毛就微微拂动，好看煞人。

金瓶轻轻走过去。

老丐说过，倘若失散，先设法吃饱，然后混在人群中，在火车站附近等大队。时时跟在大人身边，佯装是人家的孩子，到了天黑，要藏身隐蔽的地方。

金瓶将手缓缓伸进那件有毛领子的大衣口袋。

电光石火间，她的手已被人抓住。

她听到一阵笑声："唷，大水冲倒龙王庙，鲁班门前弄大斧，孔夫子跟前卖文章。"

那美貌女子无比诧异，蹲下身子，细细打量金瓶。

这时胖子已放开金瓶的手："走，走。"他赶她。

金瓶像是知道生命在那一刹那会有转机，小小的她站定了不动。

那女子轻声说：“把手表还给我。”

金瓶乖乖把手表还给她，那女子用戴着手套的手接过。她一看扒去又归还的手表，皮带口整齐地割断，手脚非常伶俐，如果这小小孩童一得手就走，不再贪婪，早已得手。

这就笑坏江湖手足了。

这时那两个男子也十分讶异。

胖子一手抱起金瓶，走上一辆黑色大房车，关上车门。

“你叫什么名字，今年几岁，师傅是什么人，家住什么地方？”

金瓶一言不发。

女子轻轻捏她的面颊，金瓶吐出一块小小刀片。

“多问无用，”女子微笑，“她的手艺早已胜过她师傅。”

瘦子问：“你有什么主意？”

女子看着金瓶，“你的手那么巧，跟着我找生活如何？”

胖子不出声。

瘦的那个不以为然，“七叔那两个孩子是可造之才，求了你那么久，你都没答应。”

女子答：“晓华同棣华应该好好读书。”

她问金瓶：“你可愿跟我走，我做你妈妈如何？”

“三妹，我们明早就要出发，何必节外生枝。”

“还来得及，叫陆心立刻帮这孩子做一份旅游证件。别多说了，你我何尝见过那样利落的双手。”

话还没说完，金瓶小小的手里忽然多了一样东西。

女子哈哈大笑，对胖子说：“大哥，你的助听器。”

“匪夷所思，好，我们带这名天才走。”

“我先回酒店，你去叫赵医生来看看她头顶上长的什么疮疥。”

不到半日，医生、保姆、新衣，还有一本小小护照全部来齐，金瓶从此离开了那个火车站。

不要紧，那里有几百个像她那般大小的孩童，每日穿插在人群中，“先生，买一枝花。”少了她，谁也不会发觉，老丐自派出所放出来之后，一定会找到别的弃婴。

就那样，金瓶跟着女子，到达香港。

她的家是一幢旧房子，布置的大方美观，一个红木古董架子上放着许多闪着荧光的琉璃瓶。

小女孩被吸引过去，抬起头欣赏。

女子说："做这些琉璃瓶子的是一个法国人，叫嘉利，你最喜欢哪一只？"

女孩指指一只金色的花瓶。

"你还没有名字，喜欢金瓶，就叫金瓶吧。一只瓶子可以贮水，一个人体内也可以装满内涵，明日，你开始上学，记住，千万不可手痒。"

师傅把工夫缓缓教授给她。

一天教一点点，不打，不骂，做得不好，明天再来。

一年之后，小金瓶发觉，师傅留她在身边，一半是为多个伴，一半用她来做生财工具。

她渐渐明白，火车站诸人的手腕是何等拙劣，同强抢差不多。

师傅所知，才是真正技巧。

她这样同金瓶说："我们这一行，也有很长的历史。最早的记载，在一部小说中，那个神乎其技的扒手，叫空空儿，因此以后有了妙手空空这句话。”

金瓶听得津津有味。

师傅说：“我姓王叫其苓，那一胖一瘦，是我亲兄弟。我们王家三代都做这个行业，祖父很吃得开，在外滩有点地位。后来，社会局面发生变化，他退隐到外国生活，可是，总是技痒，把手艺传了给我们。”

金瓶那时在英语学校读书，听那种故事，像读小说一样，十分感兴趣。

“祖父那代的扒手，吃不饱穿不暖，常挨毒打。真是下三烂，一般形容扒手猖獗，一连两个反犬旁的字，看上去，似形容畜生。”

金瓶静静聆听。

“我自愿入这一行，与你不同。我没有别的技能，我连中学都没读好，做白领的话，薪水还不及一个保姆多。”她笑起来。

可是，金瓶从未见过师傅上街，她真的做这一行？

“从前，传说练手快，要自挂着八十一只响铃的假人身上取物，倘若铃不响，东西又到手的话，你就赢了。”

金瓶点点头。

“可是，现在我们一早已经知道要取的是何物，在什么人身上取，只需决定怎样及几时去盗取，铃声响不响，已无关紧要，换句话说，我们是特约扒手，不必在路上乱跑。”

金瓶还是第一次听到这样新鲜的名称。

“做特约，首要条件，需面容秀美，叫人产生难言好感，降低警惕心，以致防不胜防。”

“是。”

“你跟我出去做第一件工作。”

金瓶忽然乖巧地吟道：“有事弟子服其劳，有酒食，先生馔。”

师傅噗一声笑出来。

金瓶在师傅家一住十五年，跑遍欧亚美等洲。

大大小小，接了百多件工作。一个月只做一单已经够食用，可见酬劳是何等丰厚。

有人在她半醒半寐之际敲门。

“金瓶，吃饭了。”

有人端进精致的两菜一汤。

一看，正是秦聪。

他捧起碗，侍候她喝汤："来，小师姐。"

她是他师姐，他年纪比她大，但是她却比他早入门。

"去向师傅认错。"

"什么年份了，还负荆请罪。师傅不吃那套。"

"我们这行业，一向与时代脱节。"

"才怪。"

"我体内有着南洋人好闲逸的习性，只要有口饭吃，已经很高兴。"

金瓶伸手去摸他英俊的面孔。

"我教你做电子股票买卖，一天赚千八百元已经够用。"

"那么，我同你两个人远离此地去结婚生子，从此不理世事。"

秦聪不出声，只是笑。

金瓶喃喃说："岁月如流。"

"很多地方，你都像师傅，时时感叹是其中之一。"

"秦聪，想不想去找亲生父母？"

“人家已经不要我，我亦已安然大命成长，找来做什么？”

“你说得对。”金瓶吁出一口气。

“讲什么？也不让我参与。”

玉露又笑嘻嘻出现。

金瓶看着师妹：“恭喜你现在独当一面，不用把谁看在眼内。”

玉露蹲下：“师傅叫我们三人一起到伦敦去一趟。”

金瓶诧异：“去干什么？”

“不知道，只说与芝勒街一个叫沈镜华的人联络。”

金瓶沉吟：“镜华，即镜花，水中月，镜中花。”

秦聪微笑：“金瓶的中文底子比我们都强。”

到底年轻，忽然为怎样渡过英吉利海峡而争论起来。

“乘隧道火车过去最干脆。”

“我情愿搭飞机。”

“黑黝黝在地底走二十七英里，多可怕。”

“飞机会失事。”

三人嘻嘻哈哈笑成一团。

下了飞机，他们立刻住进芝勒街附近的小旅馆，化妆、衣着打扮得像新移民，与唐人街其他居民混成一片，天衣无缝。

他们到指定的地址去。

金瓶推开一间俱乐部的玻璃门，“我们找沈镜华。”

自然有人带路，在一扇木门前敲两下。

“进来。”

秦聪推门进去，室内异常雅致，雪白粉墙，中式布置。

只看见一个年轻男子坐在一张明式紫檀木书桌后面，他看见他们三人，立刻站起来招呼。

这人不会比秦聪大很多，可是看样子已经独当一面。

金瓶暗暗佩服。

“大家是年轻人，好说话，请问喝什么？”

“不客气，”金瓶说，“请把任务告诉我们。”

沈镜华十分坦白：“我也不知道是什么工作，我不过做中间人角色，一个英国人找我，说要最好的人才，如此而已。”

金瓶看着他轻轻说：“你不已是最佳人才？”

沈镜华笑了："我干的不是你们那一行。"

他自书桌旁取出一副小小牌九，放在桌面，他的事业叫赌博。

接着他说："请到这个地址去，你会知道这次任务是什么。"

有人捧着龙井茶进来，三只薄胎瓷斗彩杯子，映着青绿茶叶，煞是好看。

金瓶喝了两口，才起身告辞。

沈镜华送他们到门口。

他穿着最名贵熨帖的意大利西装，可是，脚上却是布鞋。

一转身，玉露便看着师兄笑着拍手说："比下去了。"

秦聪却不以为意："我有我的好处。"

金瓶看一看手中地址："嗯，摄政街，让我们搬旅馆换衣服，明朝再去拜访外国人。"

第二天，他们三兄妹打扮得像东洋游客。

玉露最可爱，头发一角挑出来梳了一个小辫子，白袜、小裙子，身上挂着摄像机。

车子才停在摄政街门前，就有管家开门迎候。

他一言不发，招呼三人进会客室。

室内布置富丽堂皇，却毫不突出，一点性格也没有。

稍后，一个秘书模样的中年男子进来：“请随我到书房。”

他们三人静静跟着走到内厅。

一打开门，三人都在心里“呵”的一声。

原来是他。

三人轻轻坐下，他们在电视及报纸杂志上见过他千百次。

那中年男子头顶已秃，一对招风耳，神情永远尴尬，有点坐立不安，右手惯性地把玩左边的袖扣。

“三位请坐。”

金瓶忽然打趣：“如何称呼阁下？”

秘书微笑答：“先生。”

“很好，先生，找我们有何贵干？”

秘书轻轻代答：“先生想请三位去取回几封信。”

信？

秘书说："一共七封，白信封，不贴邮票，收件人是阿曼达钟斯小姐。"

他们看着那位先生。

他似乎更加不安，在丝绒椅上移动了几下。

金瓶看到他左手尾指上戴一枚玫瑰金指环，上面蚀刻着三根羽毛图案，那是他身份的标志。

他开口了，有点结巴："我在年轻的时候，写过七封信给一位女士。"

啊，原来是情书。

"信中措辞不十分恰当，因此，想取回销毁。"

金瓶问："此刻，信在什么人手中？"

"原先的收件人。"

秘书立刻把照片奉上。

第一张照片，相中人美艳绝伦，一头金发似天使头顶上的光环；第二张照片，是最近拍摄，美人已经有点憔悴，但风韵犹存。

"她叫阿曼达钟斯，曾是演员，现已退休。"

金瓶放下照片："她可有说要公开信件？"

“没有。”秘书摇头。

“可有索取金钱？”

“也没有。”

“可有要求见面？”

“更没有。”

“这么说来，信件十分安全，且受到尊重，为什么要取回？”

两个人似有难言之隐。

玉露忽然笑一笑：“可是先生的母亲终于决定退休，要让先生承继家族事业了。”

那秘书看着小女孩，脸上露出略为诧异的神色来。

秦聪问：“我们有多少时间？”

“三天，请把信取回，把这只信封放进去。”

金瓶抬起头来：“我们只懂得取物。”

秘书一怔，这样教她：“一取一放，很简单。”

“不，”金瓶十分坚持，“那是两回事。”

那招风耳先生忽然明白：“那么，我们付两倍酬劳。”

金瓶还追问：“这只信封里又是什么？日后，可又需取回？”

玉露觉得诧异，看着师姐，她一向不是啰唆的人。

秘书咳嗽一声。

但是招风耳把手轻轻一扬：“这不过是一张支票。”

“啊，那么你两度伤了她的心。”

那秘书大为紧张。

但当事人却说：“你太高估我了，每次伤心的人都是我。”

金瓶不想与他多辩。

他这个人脸颊上已刻着“懦弱”二字，是世上最可怜的二世祖。

这时秘书已取出两张银行本票来，很讽刺地说：“这一张，是取的酬劳；那一张，是放的酬劳。”

金瓶嫣然一笑：“谢谢。”

那秘书忽然接触到一双有风景的大眼睛，他呆住了，随即垂手退到一边。

他们三人退出招风耳在摄政街的公寓。

秦聪笑问：“为何愤愤？”

“我最恨男人待薄女子。”

“拿了双倍酬劳，是否可以泄愤？”

“比没有略好。”

玉露这时问：“信会在什么地方？”

“银行保管箱吧。”

“我不认为如此，”秦聪说，“只有不再佩戴的珠宝才放进不见天日的铁盒之内。”

“你指她仍会时时阅读那几封信？”

“如不，她的脸色不会憔悴。”

“为了一个那样的男人？”

“这不关我们的事，来，让我们讨论一下，如何下手。”

回到酒店，兄妹三人用纸笔及手语交谈。

当晚，他们在闹市街头看到钟斯女士，她与朋友们吃完饭独自回家。不久，接到一通电话，又一个人外出。

钟斯个子很小，相貌纤秀，真人比照片好看，穿开司米净色衣裤，戴一串金色珍珠，品位优雅。

她一出街，金瓶就说：“快。”

三人潜入屋内，秦聪立刻关掉警钟，金瓶走进主卧室，玉露在书房，他们找那七封信。

五分钟后，一无所得。

地板家具全无暗格，公寓布置至为简洁，没有多余身外物。秦聪问："会不会已经把信丢掉？"

金瓶玉露齐齐回答："永不。"

秦聪微笑："女性懂得多些。"

他们身手一流，说找不到，东西定是不在屋内。

"看。"秦聪用手一指。

案头有一只考究的纯银相框，是屋主钟斯女士与一少女拥抱的亲热照。

没有母亲的金瓶及玉露不禁艳羡。

他们三人像影子般进屋，闪电似离去。

钟斯女士永远不会知道屋里曾经有不速之客。

他们到酒馆坐下。

"明早，到银行去。"

玉露看着秦聪："你最高，与钟斯身型相似，你扮她吧。"

"我不穿女服。"秦聪抗议。

玉露暗暗好笑："一次不算多，师姐易容术一流，你不会觉得尴尬。"

秦聪叹口气："为了生活，荣辱不计。"

他自口袋里取出一封信，这封信不是他们要找的信，可是，却大有用处。

这封信随意放在茶几上，是银行的月结单。

秦聪取出手提电脑，开始操作，他要窃取银行存户资料，查看钟斯的记录。电脑经过他的改装，功能卓超。

十分钟后他说："她在巴克莱银行的确有一只保管箱。"

"玉露，你负责复印钥匙。"

秦聪说："这是她的签名式。奇怪，二十一世纪了，还用这样古老笨拙的手续开启保管箱。"

金瓶笑："幸亏如此，都用电脑，被你这种天才按几个钮，中门大开，那还得了。"

"什么时候去？"

"下午，收工前五分钟，趁职员已经疲累，急着下班，挑一个过分自信的年轻人，祝你幸运。"

“这样简单的任务，何需幸运。”

“不，秦聪，”金瓶说，“我们每一刻都需要运气。”

“你说得对。”

他收起手提电脑。

玉露揶揄：“把你对电脑硬件的知识售予微软，可即日退休。”

金瓶一边喝黑啤酒一边发呆。

秦聪问：“想什么？”

金瓶答：“家。”

秦聪诧异说：“我们没有家。”

“就是因为没有，所以特别想。”

他们回到酒店，分两间房间休息。

玉露问师姐：“这可是你最后一次为师父效劳？”

金瓶不答。

“第一次，师傅派你做什么？”

“女士甲手上的宝石戒指，”金瓶笑笑，“女士乙也想得到它，不能强抢，只能巧取。”

“后来呢？”

“女士乙虽然得到了戒指，却仍然得不到他的心。”

玉露笑：“我没听懂。”

“不懂就算了。”

“你呢，你得到师兄的心没有？”

“秦聪没有心。”

玉露却答：“我不介意。”

“世上有许多男子，你眼光放远些。”

没想到玉露这样说：“即使有好的对象，怎样交代‘我自幼无父无母，在扒手集团长大’？怎么说得出口，同师兄在一起，不必解释。”

金瓶不去回答，她佯装睡着。

同门

贰·

我们每个人都是自己的归宿。

第二天一早，他们三人出发来到钟斯家门口。

穿着校服的玉露看到她出门上班，掏出车钥匙，便轻轻走上去，与她擦肩而过。

钟斯一怔，略退后半步，金瓶知道玉露在那短短一秒钟内已经得手。

秦聪称赞："做得好。"

"嗯，不必叫事主吃惊。"

"未及你的水准，可是也够一生应用。"

什么叫一生？

金瓶把头靠在秦聪肩上。

玉露过来，摊开手掌，手中胶泥，印着银行保管箱钥匙的印子："我去找专家配钥匙。"

下午，他们在城内观光。

忽然见到警车呜呜赶至，停在泰晤士河边扰攘。

秦聪过去一看，轻轻说："有女子遇溺。"

遗体被水警船捞上来，用毯子包着，一只浸得雪白的手臂外露，叫人战栗。

金瓶默默凝视。

没想到这也成为观光节目之一。

金瓶喃喃说："无论如何，不能横死，要在家里寿终正寝。"

秦聪把她自人群中拉走。

回到酒店，玉露哈哈大笑，自背囊中抖出无数外币，自日元到马克，美金到法郎都有。她技痒，又找一笔外快。

"银包证件全部还给他们，做得真痛快。"

"你再敢节外生枝，我撵你出去。"

玉露笑答："下次不敢了。"

秦聪也说："该处行家齐集，你何苦同人家争食。"

玉露避到露台上去。

“算了，”金瓶打一个眼色，“来，我替你打扮。”

金瓶取出化妆箱。

“师傅只把这套功夫传你一人。”

“别人嫌琐碎。”

玉露又回到房间来，看见逐步易容的师兄，“美人。”她说。

出门时金瓶问：“可需声东击西、浑水摸鱼等手法协助？”

他摇摇头。

玉露把配妥的保管箱钥匙交给师兄。

秦聪戴上网纱帽子，走进银行。

金瓶看看手表，四时四十八分。

秦聪按铃召职员，一个金发的年轻男子不耐烦地走过来，秦聪要求开启保管箱。

那人核对过签名，毫不怀疑带他进保险库，用总匙配合秦聪手中的钥匙，把保管箱拉出来。

秦聪从容地打开箱子，看到那七封信用一条粗橡筋绑在一起。他把信放进手袋，把放着支票的信封放进保管箱。

照说，他的工作已经完毕。

可是，保管箱内还有一份文件。

好奇心叫他节外生枝，他打开一看，不禁一愣，那是一份出生证明文件，姓名一栏是比亚翠丝钟斯，母亲阿曼达，父亲一栏空着。

秦聪立刻明白了。他看一看证书号码，把它放回原处，退出保险库。

前后共花了九分钟。

他把信件交到金瓶手中。

“那个少女——”

“我知道，她也有一对招风耳。”

玉露把金瓶载到摄政厅，笑说：“师兄交给我了。”

金瓶还没按铃，那秘书已经迎出来。

金瓶走进屋内，把信件交给他。

“信件放在什么地方？”

金瓶抬头，那位先生站在走廊尽头。

日行一善，金瓶微笑："在床头柜抽屉内。"

"啊。"

她轻轻离去。

走到摄政公园门口，她忽然转过身子："你好，沈先生。"

一直跟着她身后的是沈镜华。

他笑笑："被你发现了。"

金瓶微笑："有什么事吗？"

"找你喝杯茶，有事商量。"

"我正要到飞机场去。"

"我送你，在车上说话也行。"

"那我不客气了。"

一上车他就说："金瓶，我一直在找合作伙伴。"

金瓶不出声，自火坑跳进油锅，不是好主意。

"你总有一日要脱离师门，不如考虑跟我合作。"

金瓶只是微微笑。

"待遇优厚，任你开出条件来。"

"太赏脸了。"

“我一直留意你的处事方式，真是胆大心细，佩服之至。”

好话谁不爱听，金瓶微笑，“我们是老法经营，人人身兼数职，尽量将营运费用节缩。”

“你叫我倾慕。”他话中有意。

“太客气了，”金瓶停一停，“但是我的意愿，却不是另起炉灶，或是独当一面，我最想退休归隐。”

“这叫做一行怨一行。”沈镜华微笑。

“我有怨吗？我可不敢发牢骚。不过一个人在什么样的环境下生活，看得出来，文艺小说中出淤泥而不染的白莲花根本不存在，住在贫民窟里，头发牙齿皮肤都会早衰，手指既粗又烂，声音粗哑。做贼的，日久必定贼眉贼眼；做戏子则虚情假意，我们即是职业化身。”

沈镜华微笑：“无论你做哪一行，都有最美丽的眼睛。”

“我想退出这个行业。”

“你慢慢考虑，我等你。”

车子驶进飞机场范围。

“我送你进去。”

“你名头响，莫招惹注意。”

“哪有你说的那么好。”

他替她挽着行李进去，一路上都没有碰到熟人。

“再见。”

沈镜华忽然说：“黑山白水，后会有期。”

金瓶不禁笑出来。

她找到邮筒先寄出一封信，里面，是她们这一次获得的酬劳。

在机场里找生活的人越来越多，防不胜防，旅客拖大带小，闹哄哄，顾此失彼。

金瓶一路走去，只见有人失去手提电脑、化妆箱、整件手提行李……

但是女士们在免税店仍然把手袋口敞开搁一边不理，忙着挑衣物，或是喝咖啡时将皮包挂在身后椅背上，都造就了他人发财的好机会。

候机室里，金瓶看到了秦聪及玉露。

秦聪轻轻说：“以为你不来了，在伦敦近郊落籍不错呀，种花读书，或是养儿育女都是好消遣。”

金瓶微笑："真值得考虑。"

玉露说："师兄担心你迟到。"

"我还能到哪里去呢。"

她拎起行李上飞机。

"从前，任务顺利完成，你总是很高兴。"

"从前我年幼无知。"

飞机引擎咆吼，金瓶说："玉露，相信我吗？跟我一起走，你读书，我结婚，从头开始。"

玉露却说："师姐你累啦，睡醒了就没事了。"

金瓶叹口气，闭上双眼。

飞机在曼谷停下，司机来接他们三人。

师傅破例迎出来，满面笑容。

她从来不称赞他们，这次也不例外，但是身体语言却表示欣赏。客厅中央，一只硕大的水晶玻璃瓶里插着莲花莲蓬，香气扑鼻。

"金瓶，来这边坐。"

秦聪识趣地退出。

玉露说："我去试新衣。"

师傅轻轻对金瓶说："我来能使你改变初衷？"

金瓶摊摊手，"我已不能再进一步，比家庭主妇更不如，人家还可以升做婆婆，过几年又做太婆。"

师傅揶揄她："二十一岁想做太婆？"

金瓶也笑了。

"我留得住你的人，也留不住你的心。"

"师傅，我们四六分账可好？"

师傅更加讽刺，"你四我六，还是你六我四？"

金瓶知道谈判又一次失败。

这时，师傅伸出手来，缓缓摘下手套。

自从认识师傅以来，她就戴着手套，金瓶从没问过为什么。

这时，师傅把双手放在膝上。

金瓶凝神，她看不出有什么异样。

师傅穿着灰绿色丝绒便服，头发拢在脑后，皮肤、五官与当年金瓶第一次看到她时并无太大分别。

她眼光再落在那双手上，忽然看出端倪，嗯了一声，无限震惊，整个人颤动。

师傅轻轻脱下双手上做得栩栩如生的假拇指，她每只手，只剩四根手指。

原来师傅一直有残疾。

可是戴上义指、手套的她，叫金瓶全然不觉。

她若无其事地说："自己不能动手，只得倚赖徒弟。"

"师傅是什么时候受的伤？"

"那时，你还没有出生。"

"师傅，我替你报仇。"

她微微笑，"或出身是孤儿，又遇人不淑，突罹恶疾……都是命运，无仇可报。"

"师傅，我一向不知道这件事，我太粗心。"

"是我不叫你们知道。"

"是怎么一回事？"

"你哪里有空听陈年往事。"

"师傅你别生气。"

"我不气恼，我只是感慨。我同你说过，扒窃是我王氏家族生意，家父即我师傅，当年，他也想脱离家族另起炉灶。"

金瓶不再出声。

“为什么？因为他最辛苦，因为其他叔伯都游手好闲，坐享其成。”

“发生什么事？”

“他们设计了一个圈套，让我父亲钻进去，他被对头逮住，我只得去替他赎身。”

金瓶全身寒毛竖了起来。

她胸口憋闷，有呕吐的感觉。

“付了赎金，人家仍然不肯放他，只得再加利息。那一家人知道父亲最疼惜我，也明白失去拇指，再也难以工作，才肯罢休。”

金瓶下巴几乎碰到胸前。

师傅这时说：“秦聪玉露，你们也都听见了？”

他们原来就站在门口，这时缓缓走近。

师傅轻轻戴回义指及手套。

“你们一定想问，到底痛不痛。”

他们三人哪里还敢出声。

“不，一点也不痛。那把小刀，实在锋利，在场叔伯又很快为我止血，从头到尾，竟一点也不觉痛，像是一早知道，拇指已不属于我。”

她站起来，轻轻叹口气，返回书房。

玉露用手捂住面孔。

秦聪喃喃说：“金瓶，换了是你，你会怎样选择？”

“我没有父亲。假设我是生父爱女，那么，我也不会觉得痛。”

玉露问：“那是一个怎么样的陷阱？”

金瓶微笑：“世上所有圈套，都一样设计。记住，玉露，开头都一定对你有百利而无一害，结果，要了你的贱命。”

“我怎样才知那是陷阱？”

金瓶答：“如果那件事好得不像真的，那么，大抵它也不是真的。”

玉露说：“我去楼下游泳。”她的声音有点不安。

秦聪问：“你仍坚持要走？”

金瓶点点头。

“你怕师傅向你要拇指？”

“做这个行业，纯靠年轻，每年样子不同，亲友有时都认不出来，可安全过关。现在定了型，非常不便。”

“那个沈镜华，对你说了些什么？”

“陈词滥调，老生常谈。”

“可是，他还自觉十分新鲜？”

金瓶笑出来。

“长年困在唐人街，就会有这个毛病。”

金瓶仍然笑而不答。

“师傅那么多房子，我最喜这一幢。”他看着河景赞道。

“你是男人，自然喜欢这里。”

“师傅不喜欢英语社会，认为太过机械化。”

金瓶看着自己的双手，缺少拇指，连笔都握不住，还能做什么？

她掬起瓶中莲花，深深嗅那香氛。

她多么想离开这个家庭，出去过正常人的生活，认识普通人，同他们做朋友，与他们共享平凡的喜怒哀乐。

假如她是仙女，这种想法，叫作思凡。

她也站到露台上，秦聪双臂搂住她的腰，头搁在她肩膀上。

一艘专为游客设计的花艇在河上飘过，穿紫色泰绿戴金钏的少女合十望天空祷告，她将荷花瓣撒向河面。

秦聪轻轻说："昭柏耶河是他们的生命之源。河流叫我迷惑，像幼发拉底河与底格里斯河，像黄河、长江，像亚马孙、密西西比、恒河、尼罗河……"

金瓶抬起头："你从什么地方来？"

秦聪一怔："我同你一样，我是孤儿。"

"但你应当有若干记忆。"

他俩自小认识，一同起居饮食，无话不说，有时不讲一字，彼此也知道心意。

但是秦聪不愿谈到身世。

"我在一间酒吧洗杯子，师傅觉得我手脚勤快，把我带回家。"

一进门，便看见天使般的小女孩笑着迎出来，他以为她会很骄傲，看低他，但是没有。

小女孩十分友善，对他亲切关怀。

他的指节粗硬，有擦损痕迹，她替他敷药；他不愿理发，她温言劝说："短些精神些。"他再倔也总是听她的。

连师傅也曾经笑说："金瓶是秦聪的一帖药。"

他喜欢机械，家里无论什么都被他拆开又装回，尤其沉迷电子产品。

房中音响、电视、电脑全部自旧货摊十元一萝捡回来，经过修理加工，不知多合用。

秦聪的电视机只是一只内胆，由他自己接驳天线，观看全球卫星节目。

他的房间像科幻小说中的实验室，然后，他重新组装一部作废电脑打进另一个世界。

他们看着对方发育、成长，从孩子变为年轻人。

秦聪曾经问："一颗子弹射过来，你会否为我挡？"

金瓶看着他英俊的面孔良久，伸出手指轻轻抚摸他的浓眉，然后才答："不会。"

他泄气："为什么不？"

"我只得一具肉身，一缕魂魄，哪里挡得了那么多。"

金瓶笑嘻嘻。

他们形影不离地相处了十年。

一日，他背着她在屋中乱跑，失足跌倒，两个人做了滚地葫芦，被师傅回来看到。

微笑地看着他俩。

“长大了，要彼此尊重，给玉露做个好榜样。”

这已经足够叫他们两个人警惕，从此有了忌讳。

师傅也感喟：“没想到孩子们大得那样快。”

她的友人赔笑说：“巴不得他们快快长大。”

“可是一长大就有七情六欲，逐步走入红尘，从此吃苦。”

友人一直笑，不知怎样回答。

果然，到了今日，金瓶想脱离师门。

金瓶对秦聪说：“你一定记得身世，总会有蛛丝马迹吧。”

秦聪笑：“今日被你逮住，看样子非说不可。”

“说出来舒服些。”

“我没有不舒服。”

一个深夜，棕色皮肤的母亲对他说：“本来，他说会同我结婚，现在，他走得无影无踪。我想家，又不能带你一起走，我只得把你留在朋友处。”

那个人是一间小酒吧的老板，他就在那样黑暗的储物室生存下来，直到师傅来把他领走。

那日，他正把啤酒桶拉出地库，听见有人轻轻说：“没想到这孩子已经那样大了。”

他忽然想到在说的正是他，立刻屏息聆听。

“叫什么名字？”

“叫生力，一种啤酒的名字。”

“可听话？”

“天下哪有听话的孩子。他很懂事，勤快，手脚干净，还有，懂得修理电器，比许多大人管用，去年我开始支薪给他。”

不错，是在说他。

“我带他走，你怎么说？”

“王小姐，你说一我们怎好说二，不过你也看得出我们舍不得他，这间酒吧自六十年代开始经营，本来做美军生意，我不知看尽多少悲欢离合。”

他看见说话的那个女子轻轻放一张支票在桌子上。

老板接过了，紧紧抓在手中，嘴巴却还客气：“哪里用那么多，不过是我们吃什么他也吃什么。”

那女子笑笑。

她转过头来：“生力，是你在角落吗？”

生力只得缓缓走出去。

那王小姐异常美貌，伸出手来，他看见她双手戴着手套。

“你跟我回家好不好？你该上学了。”

她的相貌与声音都有磁性，他不由得点点头。

老板笑：“一言为定，收拾行李跟王小姐走吧。”

他如释重负。

这少年有一双闪烁且尖锐如鹰的眼睛，时时叫他警惕。他肯走，他放下心中一块大石。

那美貌女子说：“从今日起你叫秦聪吧，秦是家母姓氏，聪敏才能知己知彼。”

秦聪回忆到这里，吁出一口气。

在师傅家，吃得好穿得好，而且有老师上门来补习功课。

他很快爱上那个温柔的小女孩，她有一个美丽但奇怪的名字，她叫金瓶。

他轻轻说：“每次心中烦闷，想捶胸大叫大闹，听见你温婉的声音，心情随即缓缓平复，不再聒噪。”

金瓶转过头来：“但是你从来不说爱我。”

“师傅只想我们专心学艺。”

“你有心事从不倾诉。”

这时，女拥捧进一大盆水果。

他拈起装饰用的白色兰花，放入嘴里。

金瓶吃起西瓜来。

“自从师傅收养我们，真是再也不愁吃喝。”

“玉露自幼抱回，不会明白饥饿的感觉。”

“那时，有谁给我一块面包，我真会跟着他走。”

“师傅待我们不薄，她真有办法，像变魔术一样，生财有道，带大三个孩子。”

“师傅说，如果我们会读书，她不介意供读。”

秦聪笑：“谁要读书，那多辛苦。”

“可是读书的人气质总不一样：有点憨厚，懂得思想，出口成章……”

“今日真高兴，可以与你谈天说地。”

玉露游泳上来，一件简单泳衣，少女的美好身段毕露。

她看见水果，举案大嚼。

“师傅叫我们，你俩先过去，我立即沐浴更衣。”

嗯，她午睡醒了。

自三年前起，师傅精神有点不济，到了两三点，总得午睡一会。他们走上一层楼，一进门就闻见檀香。

师傅笑说：“今晚有客人来探访我们。”

“谁？”

“沈镜华。他托大使来约我们吃饭相聚，面子十足，金瓶，你去一次吧。”

秦聪一声不响。

“他跟了来，金瓶，似对你有意思。”

“师傅，他想在你处挖角。”

师傅笑：“有这种事？我必不饶那小子。但是我看他追求的意思多一点，女儿养这么大了，没人喜欢，才叫我担心。”

金瓶只得点点头。

秦聪这才开口：“这还是你第一次约会，玩得开心点。”

“穿漂亮些，要什么首饰，在书房盒子里取戴。”

金瓶见秦聪毫不在意，几乎有点生气。

她穿一条黑色晚装裙子，配一串金色珠项链，等沈镜华来接。

他一身深色西装，看见师傅，执弟子礼，双手垂直，差点没半跪下来，真讨好。

师傅同他说了几句：“令尊好吗？令堂身体可健康？我这里有一盒补丸，你替我带去问候。”

他说：“那我带金瓶出去了。”

“金瓶交给你啦。”

金瓶取过披肩，走到门口，同玉露说：“小露，把东西还给沈大哥。”

玉露笑嘻嘻，摊开双手，哗，荷包、护照、手表，不知几时，通通到了玉露手里。

秦聪在身后嗤一声笑。

玉露笑嘻嘻："还失去什么？"

他一怔，这才伸手去摸颈项，"哎呀"一声，原来他佩戴的一只翡翠蝙蝠玉器也已一并落在玉露手中。

他穿着衬衫，戴着领带，谁也看不见他脖子上挂着什么，可是那少女在神不知鬼不觉的情况下捉弄了他。

呵，要伤害他也十分容易。

"喏，还给你。"

玉露交还那一件碧绿透明的玉器。

沈镜华不以为忤，笑着接过。

在车上，金瓶说："你怎么来了？"

"想念你。"

金瓶看着车窗外，"咦，不是前往大使馆吗？"

"我同他说，我另有计划。"

"大使也可以呼之即来挥之即去吗？"

"如果是你家族推荐的大使，应当没有问题。"

啊，原来如此。

"我们去什么地方？"

"我有话同你说。"

金瓶笑，“讲不尽绵绵叠叠重重的话。”

看到街上那样热闹，才知道是泼水节。

像华人的元宵节，其实是年轻男女互相调笑的好时候。

人一挤，难免也是扒手活动的良机。

他把她带到一只船上，游艇噗噗地往上行驶，离尘嚣渐远。

晶莹的月亮在热带树林上像银盘那样大。

他开口了：“金瓶，让我把你带走。”他声音里有隐忧。

“为什么？”

“因为你的缘故，我打探并且得到若干资料，相信我，这些消息都不会刊登在互联网上。”

金瓶问：“关于我？”

他不否认，等于承认了。

女侍斟出美酒。

金瓶说：“这不是等于揭人私隐吗？”

沈镜华倒也坦白：“我并非君子，沈氏经营赌业，我不过是赌档老板。”

“你得到什么结论？”

“你师傅到处为家，是逃避仇家，对方的铁腕已渐渐收紧，你早走比较聪明。”

金瓶沉默一会儿。

“假使消息是真的，我倒不方便即时离开，我是首徒，怎可以师门有难，带头落荒而逃。”

“说得好。”

金瓶微笑：“多谢你关心，可是师傅一向只向江湖取物，同人无冤无仇，一不杀人，二不夺爱，她同人没有深仇大恨。”

沈镜华大奇：“你对你师傅一无所知。”

“所以……”金瓶给他接上去，“别在我面前说她坏话。”

“金瓶，你对自己的身世也一无所知。”

“我们都是孤儿。”

沈镜华脸上露出恻然神色。

金瓶看着他：“你知道些什么？”

沈镜华忽然摘下金瓶的珍珠项链，故意摔到地上，又拾起，交回给她：“你是孤儿。”

金瓶聪敏过人，忽然震惊，胃口全失，神色呆滞。

过片刻，她喝一口酒，轻轻说："有人挑拨离间，我想上岸。"

沈镜华说："谁不想。"

他叫船往回驶。

沈镜华轻轻说："我等你。"

她不再出声，躺在甲板上，看着天空上一轮明月。

关于她自己身世的事，她不想问别人，她想从师傅嘴里知道。

回到公寓，秦聪在等她。

"玩得高兴吗，咦，又是灰头土脸的，那人对你毛手毛脚？"

"秦聪闭嘴。"

"那人同你说过什么，你像是动了真气。"

玉露却说："师姐，你来看，我口袋里多了这件东西。"

摊开手，是一卷微型录音带。

金瓶瞪她一眼："这也是沈镜华的东西，你自人口袋掏出，为什么不还给人家？"

“不，沈氏比她厉害，他故意留下这件东西，好由玉露转交给你，说到底，不是我们在他袋中扒出来，而是他主动交到我们手中。”

“这有什么分别？”

“你要听过内容，你就会明白。”

“你们第二次中计，先是口袋多了一件东西不觉，这比失去财物更加可怕，应及时退回。继而听了不应听的对话，更加糟糕。”

“金瓶，你也该听一听。”

玉露问：“抑或，你早已知道此事，所以想离开师门？”

金瓶抬起头来：“请让我静一静。”

他们各自回房间去。

金瓶一个人坐到半夜，终于按捺不住，把录音带放进录音机，按下按钮。

只听得一个平和的女声这样说：“其苓年少气盛，沉不住气，我也觉得是她过分。”

声音停了一停，叹口气，又继续：“怎可把人家的幼儿拐走，叫人家伤心苦恼。”

金瓶听到这里，额上冒出豆大汗珠。

“一切不过是责怪男方移情别恋，导致他人骨肉分离，且布下巧局，使那孩子毫无记忆，满以为是遭父母遗弃。她又假装好心，去领回这小孩抚养，一门心思，教她做贼。”

黑暗中金瓶霍地站起来。

“人家父母都是读书人，至今苦苦追寻亲女下落。”

金瓶只觉天旋地转，她扑倒在床上。

录音到此为止。

不是真的，金瓶抱着头，这是他人凭空捏造，意图离间她们师徒感情。

这沈镜华太过工于心计了，头一个要叫她们好看的便是他。

这种人还往往假装是你的朋友。

金瓶倒在床上，蜷缩成胎儿姿势，紧握着拳头。

半晌，有人推门进来。

金瓶知道那是秦聪。

她呜咽一声，秦聪一声不响紧紧拥抱她，只有他懂得安慰她，过了很久，他轻轻问她："你自己可有一点点怀疑？"

金瓶摇摇头。

"怎样自家里出来，完全没有记忆？"

金瓶答："像前世的事，一点也不记得。"

"你看，若不是这沈镜华对你一见钟情，用尽全力打探你的身世，这些事你一辈子也不会知道。"

"他一片胡言。"

秦聪不出声。

"他心怀叵测。"

秦聪轻轻说："我了解你，金瓶，你会彻查这件事。"

"你会帮我？"

他却摇摇头："你要我打入美国国防部电脑，我随时奉陪，但这件事我却难为左右袒护。"

金瓶惨笑。

"你离去之意一定更炽了。"

玉露进房来，挂在金瓶肩上："师姐别走。"

"我走了这一切都是你的了。"

“我不要你那份。”

“别忘了师兄。”

“喂，”秦聪抗议，“我不是货，怎可私相授受。”

“这录音带怎么办，依我看，一把火烧掉倒好。”

“不，”金瓶说，“退回去。”

“他可以检验出来，已播放过几次。”

“秦聪，你做些手脚。”

“这我办得到。”

片刻他回来说：“东西已派人送回他住所去了。”

他们也有眼线，也知道这人踪迹。

秦聪轻轻说：“没有找到确实证据之前，不要中计。”

这已是最大关怀。

天渐渐亮了。

露台上千万朵紫藤一起开放，香气随晨曦蒸上天空，香气扑鼻，抚慰金瓶心灵。

女佣进来说：“师傅叫你。”

金瓶轻轻走进她的书房。

师傅对她说：“明日我放假，这里交给你，可以放心吗？”

“交给秦聪吧，我想返回学校读书。”

“你老是同我拗撬。”

“师傅，我累，想放假。”

“我还没累呢。”

“师傅好功力。”

“你走了，谁看住他们两个。”

“不如大家休息一段时候：东家有事，暂停营业。”

师傅嗤一声笑，“对，度假返来，在报上刊登启事：王氏扒手集团今日开始恢复营运，旧雨新知，速来接洽。”

金瓶深觉好笑，但是她笑不出来。

师傅挥挥手：“女大不中留。”

她的举止与平时丝毫没有两样，作为师傅，她从来没有打骂过徒弟，秦聪那样倔强，也对她心服口服。

“沈镜华家在伦敦有百年历史。”

金瓶点头，“唐人街是一个令人深思的地方。”

“他们白人客气时叫我们唐人，无礼时叫我们清人，始终不大了解我们朝代转变，物是人非。”师傅停一停，

“不过，能在唐人街立足，也并非简单的事。”

金瓶纳罕：“师傅，你想说什么？”

“他差家长写了一封信给我，措辞诚恳，希望我接纳他对你的追求。”

金瓶呵一声：“他追求我，需双方家长同意？”

“人家有规矩。”

金瓶点头：“相比之下，我的确是野人。”

“金瓶，沈家极富裕，也尚算低调守法，在那边得到尊重，是一个好人家。”

“师傅说得是。”

“话讲到此地为止了，如果对工作厌倦，结婚也是很好的选择。”

金瓶见师傅心情好，她顺口问：“师傅可有考虑过结婚？”

“我？”她笑笑。

“可曾有钟情的对象？”

她把脸微微抬起，看着窗外，隔了很久，才答：“我爱的人不爱我，人家爱我，我又不爱他。”

金瓶打了一个哆嗦。

“通通是错爱。”

金瓶垂下头。

“你心底喜欢的是秦聪吧？”

金瓶摇摇头：“我喜欢一个有正当稳定职业的男子，朝九晚五，周末剪草，陪孩子打球，游泳。”

师傅笑：“闷死你。”

“不会，我肯定会欣赏尊重他。”

师傅叹一口气：“那你得向他隐瞒你整个前半生。”

金瓶不出声。

“你记得聊斋故事中那个自画中走下来帮穷书生处理家务及织布赚钱的仙女吗？大抵也是一个来历不明的女子，愿意忘记过去，从头来过。”

说到这里，师傅轻轻打一个哈欠，吸烟时间到了。

金瓶轻轻退出书房。

秦聪在她身后说：“今日心情如何？”

“师傅劝我早日寻找归宿呢。”

“我们每个人都是自己的归宿。”

“说得好极了。”

“师傅叫我们一起到美国西雅图列门市去。”

金瓶扬起一边眉毛：“列门市什么都没有，只有微软——”她住了口。

“金瓶你真聪敏，正是到微软去取物。”

“微软最贵重的资产是人脑，呵，终于要我们去取人首级了。”

秦聪笑：“不不不。”

“谁叫我们去？他的对头晶盈，还是爪哇？”

“猜也猜不到：富不与官斗。”

“啊。”

“要掀他的绝密会议记录，寻找垄断资料。”

“既是绝密，为什么还要记录？”

“成功带来自满，继而狂妄大意，以为已经一统天下，唯我独尊。”

“你在影射师傅。”金瓶拍手笑。

秦聪瞪她一眼：“嘘，这种玩笑说不得。”

金瓶说：“我不去，你与玉露出手已绰绰有余。”

“你不是想放假？我打算在那个宁静的小城租公寓住下来，到他们那里应征一份工作，听说女生在科技小镇特别有出路，你不愁寂寞。”

金瓶踌躇。

“好机会，一举数得。”

“做完这一件我就退休。”

“闲时你可以滑雪或学习驾驶小型飞机，还可以做陶瓷，逛博物馆。走远一点，有黄石公园及大峡谷，都是你喜欢的名胜。”

“你说得像蜜月一般。”

“像以往一般，只准胜不准败，雇主虽然是联邦密探，可是功劳全归他们，过错全属于雇佣兵。”

所有的雇佣兵其实都听差办事，后台老板孔武有力，不过一旦出事，谁也不会认头，身份卑贱。

“一起去。”秦聪央求，“这件差使是一块蛋糕。”

金瓶终于点头。

秦聪欢呼一声：“我立即去制造假文凭申请工作。”

“做一间名校。”

“伦大帝国学院电脑科可好？”

“索性做麻省理工。”

“中间落墨，加拿大滑铁卢大学够出名，又是邻国，合用之至。”

一致通过。

同门

叁·

「我最痛恨的一件事是残害同门。」

金瓶说：「师傅请放心——」

「谁先动手，谁即是罪魁，罪无可恕，明白吗？」

下午，金瓶与玉露到市集买水果，之后坐在街边档摊吃海鲜，正在剥蟹，有人轻轻坐过来。

玉露先笑着称呼："沈大哥。"

金瓶轻轻揶揄："你不用巡场？"

沈镜华好涵养："现在都交给伙计做了。"

他只穿一件白线衫，露出硕健的胸膛。

这一代不单是女性讲究身段，男生何尝不注重身材，沈氏今日展露本钱。

他叫了一瓶啤酒，另外加一钵蟹黄炒饭。

"越对身体无益，越是好吃。"

天气热，不久大家脸上都泛起汗光，金瓶本来就晶莹的脸看上去更加亮丽。

沈镜华凝视她。

玉露笑问：“沈大哥认不清师姐？”

金瓶微笑：“幸亏今早把脸洗干净了。”

玉露说：“我知道你们有话要说。我去买甜品，随后把水果带回家，自由活动。”

金瓶叮嘱：“不准淘气。”

玉露笑着走开。

金瓶轻轻说：“你看见那群嘈杂的美国游客没有，就快遭殃。”

“我亦最讨厌将硬币掷向当地贫童，叫他们争相拣拾的游客。”

金瓶问：“你不走，我们要走了。”

“这次，到什么地方接洽生意？”

“西雅图。”

“呵，大买卖，我陪你。”

“你看样子不似闲人。”

“所以更加难得，请接受我的好意。”

话才说完，那群红装肤白的美国游客忽然大叫起来，个个不见了荷包护照，裤袋手袋被人割得七零八落。

沈镜华笑，“真痛快。”

这时玉露说不定早已回到家了。

金瓶站起来：“我们走吧。”

她收拾行李出门。

金瓶只带小袋手提行李，到目的地，才添置随身衣物。化妆用品、适用工具，用完即弃，绝不带回家。

在飞机上坐好，秦聪才往身后看一看：“那沈某没跟着来，奇怪。”

金瓶不出声。

玉露何尝不是坐另一班飞机。

到了目的地，金瓶走进舒适的小公寓后便淋浴更衣。

她到附近商场买来应用品，替秦聪把头发剃成平头，另外交给他格子衬衫、卡其短裤及凉鞋，换上后看上去也就像应届大学生。

秦聪坐下来面对手提电脑工作。

他要在滑铁卢大学毕业生名单里添上他的姓名，这需要一点技巧才做得到。

“这名字经人查阅之后，会自动消失。”

“好本领。”

门铃一响，玉露到了，她挽着大包小包杂物道：“真可爱，小镇风貌似诺曼洛怀[1]的画一般。”

“对，华人不多，即使有，也不会说中文。”

金瓶诧异：“你们不是华人，啊，你俩是印度人？”

他们笑作一团。

是，也有开心的时候。玉露把浴室与厨房用品放好，二话不说，先煮一锅鸡粥，民以食为天。

金瓶站在露台上呼吸新鲜空气。

“来，我们三人去逛科技市场。”

“秦聪，只有你才有兴趣。”

“我送一部显示器可戴在头上的私人电脑给你，主机只手掌大，轻巧无比。”

金瓶笑：“是，戴上烦恼全无，步步高升，姻缘美

---

[1] 疑是诺曼·洛克威尔（Norman Rockwell）美国画家。

满，五世其昌。”

“师兄，我陪你。”

“你俩小心一点。”

秦聪忽然转过头来，温柔地答：“知道了，小母亲。”

玉露换了件衣服，戴上鸭舌帽与师兄出去。

金瓶轻轻走到邻舍，敲两下门，她与他早已约好。

隔壁公寓门打开，沈镜华笑着出来，他光着上身，正在听音乐。金瓶一侧耳，知道是《黄河大合唱》。

她轻轻坐下来，不知不觉，他们越走越远，不知几时才可以返回家乡。

沈君套上衬衫，斟一杯香槟给她。

金瓶说：“告诉我多一点。”

“我比你大八岁，从前有过许多女友，我一向不喜欢小女孩，这次真例外，女性对我有口皆碑。”

“不不，不是这些。”金瓶微笑。

“婚后我会立刻拨一笔产业到你名下，随便你要不要孩子。”

“镜华，他们还在人世吗？”

沈镜华一怔：“谁？”

“我的亲生父母。”

终于开口了，沈君凝视她，这美丽而可怜的女子。

“是，他们还在。”

“住在什么地方？”

“刚刚打探到，就在附近一个叫美景的地方。”

“良辰美景，没想到洋人也讲究这一套，请带我去探访他们。”

“贸然怎样上门？”沈镜华搔头。

“屋主人做什么职业？”

“是华盛顿大学哲学系教授。这样吧，你冒充从前的学生可好？”

“幸亏你那么聪明。”金瓶揶揄他。

“那我扮什么？”

“你太漂亮了，不像学生，你肯剃平头否？”

“为你，赴汤蹈火，有何不可。”

“哗，不敢当，你还是做回你自己吧。”

“金瓶，对不起。”

“无端端道什么歉？”

“我不该把你的身世告诉你，扰你心神。”

“我一直在想，为什么不迟不早，你会在这个时候把这个秘密告诉我，你背后，也有主脑吧。”

“是，大家都想瓦解王其苓集团，她不劳而获，惹人眼红，你是首徒，你一走，她便等于少一条手臂。”

金瓶嗤一声：“我们这种机械手臂，要多少有多少。”

“那么，你更不必介怀。”

“我与师傅，有奇异感情。”

“全无必要，她不过是一个江湖客，老奸巨猾，老谋深算。”

金瓶把食指放在唇边，嘘了一声。

“师傅可没有说你家一个字坏话。”

沈镜华不出声，姜是老的辣。

“让我们到美景地去吧。”

他点点头。

门外停着一辆小房车。他把它驶上公路，开上山，不久到了一个鸟语花香、面对蔚蓝色海湾的住宅区。

金瓶噫了一声，此情此景似曾相识，她对这蓝天白云有极大好感。

“怎么了？”

“我在梦中来过这里多次，梦见自己拥有一间小小红瓦顶平房，丈夫、孩子正在家里等我。”

“那也不难。”

“别取笑我了。”

车子停在一间平房前，果然是红砖瓦，乳白墙，整个花园里都是玫瑰，花架上吊着喂蜂鸟的蜜水瓶。

金瓶呆呆地看着这一切，不相信真有人住在屋里，只怕一开门，童话中的小矮人会走出来。

沈君带着水果糖果，他大胆伸手按铃。

一只狗吠了起来。

不到片刻有脚步声，有人扬声：“门未锁，请进来。”

沈君依言推开门。

金瓶已经泪盈于睫。

一个浓眉大眼的少年笑着迎出来，一看就知道是土生儿，他身后跟着一只金毛寻回犬，手中抱着篮球。

“找我母亲？我是家活，你们好。”

金瓶点点头。

“她就下来，你们请坐。”

一人一犬出去了。

倘若一切是真的，他应是她兄弟，可是比她大还是比她小？看不出来。

这时，一位太太下楼来，不约而同，与他们一样，穿着白衬衫卡其裤。

她脸容端庄，神色可亲，但是头发却早白了：“你们找齐教授？”

如果一切是真的，金瓶应当姓齐。

金瓶唯唯诺诺。

“这位同学有点面善。”

是，金瓶觉得齐太太的五官同她真有七分相像。

但是齐太太一点怀疑也无，也许她已心死，也许在她记忆中，失去的女儿永远只得两三岁大，同眼前的少女没半点关系。

“齐教授到旧金山开会，明日回来。”

金瓶点点头。

“你们有事吗？”

有人自楼梯下来：“妈，我借你珍珠耳环一用。”

金瓶抬头看去，只见一个十多岁少女，衣着时髦，蹦蹦跳跳走过来，朝客人打个招呼后，已经消失在门口。

金瓶呆半晌，忽然说：“那我们告辞了。”她黯然低头。

沈镜华扬起一边眉毛，屋里已没有旁人，这是说话的好机会，金瓶为什么不开口？

“明天下午可有空？请来用茶。”

金瓶却问：“刚才那少女，叫什么名字，有多大？”

“那是家良，已经十七岁了，还孩子气得紧。”

“家活可是要大一点？”

“家活十九岁。”

呵，是她的亲弟妹。

这时，沈镜华咳嗽一声，提醒她发问。

金瓶却轻轻说：“打扰了。”

齐太太送他们出门口。

在门口，镜华怪她："你这个人。"

金瓶默不作声，拉开车门上车。

"你大可趁机问：齐太太你只一子一女，还有无其他孩子？"

金瓶抬起头："镜华，你也看得出来，齐太太已没有其他孩子。"

沈君明敏，立刻明白这话，噤声。

"为了生存下去，她不得不忘记我。"

"可是，现在你回来了，瞎子也知道你们是一家人，齐家活齐家良简直是比你小几码的印子。"

"是，真相像。"

"一家团圆岂不是好事？"

"他们已经搬了家，两岁的我，如何找得到这样遥远的家？"

"你已经二十岁了。"

金瓶惨淡地笑："不，在我记忆中，我永远只有两岁，赤足，脚底长了老茧，剃光头，脑顶长满恶癣，四处找我的家。"

沈镜华黯然："金瓶，你——"

"她的头发像银丝般，可是剪得很短，梳理得很漂亮。"她在形容齐太太，声音中带着爱慕。

"我送你回家。"

"不，我肚子奇饿，想大吃一顿。"

一个人悲怆或快乐过度，均有奇异反应。

那天回到公寓，秦聪已经回来。

"我已经考进微软，明日上班。面试题目是：如何挽回本公司受损的声誉。"

金瓶不出声。

她忽然呕吐起来。

秦聪扑过去扶住她。

玉露连忙帮她清洁。

金瓶躺在沙发上，一声不响。

片刻，相熟的中医师来了，诊治过，说是连日劳累，加上积郁，又水土不服，他留下药方。

秦聪立刻出外配药，不消片刻，家里药香扑鼻。

"你到什么地方去了？一回来就病。"

金瓶却说："你打算怎样挽救微软？"

"我同他们说，最简单的做法是大量捐款到第三世界，发财立品，举个例子，非洲人患昏睡病，无人捐赠药苗，死亡率极高，同样的药种，却用来发展女性脱毛膏，大肆刊登广告图利，多么荒谬。"

秦聪仍然笑嘻嘻。

"说得真好，探到虚实没有？"

"不必太快完事，免得客人以为太过容易，物非所值。"

金瓶拿着一本书进寝室去。

哪里看得进去，一行行字像是会跳跃似的，玉露煎好药斟出来给她，既甘又苦，但落胃已经舒服一半。

她长长吁出一口气。

玉露轻轻说："我到大学园舍去看过，真是一个好地方，最大的特色是静，绿荫深处才有学生三三两两喁喁细语。图书馆像是学子崇拜的地方，高大庄严，能成为他们中的一分子就好了。"金瓶还来不及回答，一歪头就睡着了。

玉露替她盖上薄被。

秦聪在门旁怜惜地说："这金瓶，总比别人多思多想。"

玉露的语气忽然像个大人，她说："你疼爱她才这样说，否则就是自寻烦恼。"

秦聪不出声。

"说她聪明呢，有时料事如神，恍如半仙。可是眼前的事，却又糊涂得很。"

秦聪走到露台坐下。

玉露冷冷地说："至今她不知我同你的关系。"

秦聪骤然转过身子来，"你想她知道，那还不容易，跑到山上，大声喊出来，全城人都听见。"

玉露不响，孩子气的脸上露出不忿、苦涩之意。

秦聪取过外套出去了。

玉露走进房去，看着师姐，轻轻说："你比我聪明，比我漂亮，比我能干，什么都胜我三分，你走呀，走呀，你离开师门，我才能脱离你的阴影。"

她学着师傅的声音，惟妙惟肖，有种阴森的感觉，"唉，玉露，这就不对了，下手还是太重，让金瓶做一次给你看。"

接着，她坐下来，眼睛里充满寂寥。

金瓶睡了一整天，什么都没听到。

第二天早上，秦聪起来上班。

他对金瓶说："索性在微软工作，也能养家。"

他也向往正常人生活。

金瓶淡淡微笑。

"只不过天天大清早起来，唇焦舌燥。"他又恋恋旧生活。

"接待处的吉赛儿，已经问我今午可有空。"

"那多好。"金瓶笑了。

"你好像完全不妒忌。"

金瓶点头："这的确是我最大的缺点。"

玉露揶揄说："但愿我有师姐这样的涵养。"

下午，金瓶到隔壁找沈镜华，他一早准备妥当，随时可以出门。

"昨日可是不舒服？我闻到药香。"

一墙之隔，都知道了。

"你若想去见齐教授，我陪你。"

“你读我心思，像读一本书一样。”

他也感慨：“我也是第一次读书，查字典，背生字，十分辛苦，真没想到有今天。”

金瓶赔笑。

“家长催我回家，生意上出了些问题，又有争地盘事件。”

“可会动刀动枪？”

他不再回答：“我明天早上走，有空再来看你。”

他们到了齐家，才发觉是一个茶会，有十多名同学在场，庆祝齐教授得了某一个国际奖项。

他们合资送了一只水晶玻璃纸镇，蔚蓝色，是地球模型，五大洲很清晰，上空浮着白云，金瓶在握手中爱不释手。

她与沈镜华混在学生当中，没人发觉他们不是齐教授的学生。

齐础是一个相貌英俊的中年人，一看就知道是欧亚混血儿，年纪不小了，仍然身型潇洒，健谈、爽朗。

他对金瓶没有印象，可是一见就有好感，他说：

“你是九八届陈美霓的门生吧，美霓教学最严，名师出高徒。”

一个女同学马上说：“真不幸，这个老师会数功课字数。”

随即又有男同学过来笑说：“陈师最挑剔，把我们当小孩，每次交功课，就唱名字：谁还欠三篇，令她失望，再欠多一篇，休想毕业。”

大家笑个不已。

金瓶艳羡他们的青春无忧。

“师母呢？”金瓶问，“家活和家良呢？”

“她到儿童特殊学校去做义工，那两个孩子，怎会待在家中。”

金瓶忽然鼓起勇气道：“齐教授，你还有其他的孩子吗？”

齐础一怔，轻轻坐下，把啤酒放在一角。

“背后有人议论吗？”

“不，我——”

“是，我还有一个孩子，今年十月就满二十一岁，但是，多年之前，我已失去她，她患病不治。”

“呵，多么不幸，她叫什么名字？”

“她叫家宁。”

“你可想念这个孩子？”

齐础抬起头来，看着远处，缓缓答：“每一日。”

金瓶点点头。

那边有同学叫她，“吃蛋糕了。”

沈镜华在她身边说：“别吃太多，当心胃。”

真的，一个人做什么不用量力而为呢。

他俩轻轻自后门溜走。

沈君说：“终于问清楚了。”

“多谢你帮忙，原来，我本名叫齐家宁。假使住在红瓦顶屋里长大，会同那群年轻人一般生活。”

“为什么不等齐太太回来？”

“两个人都见过了，我已心足。”

沈镜华点点头，把车驶走。

金瓶把脸埋在臂弯里，任由风吹着头发，直至有点晕眩。

他送她到门口，“好好保重。”

傍晚，是玉露先回来，把一沓文件自背囊里抖出来。

哗，像一本电话本那么厚。

奇就奇在那样庞大的电脑科技公司地会议记录竟用手写，各种字体都有：媚秀、潦草、粗线条、美术式……蔚为奇观。

玉露说：“他们怕储存在电脑里，会有黑客窃看，改用原始方式，最为安全。”

“这里都是证据？”

“是，你看：主席说，非得收购昆士兰，叫作一网打尽。又，同洛克力说明，不予合作的话，死路一条，这种口气，还不算托拉斯？”

“秦聪怎么还未回来？”

门一响，他笑嘻嘻回来，手上挽着公事包，重重的，一看就知道里头还有同类文件。

“一下拿那么多，人家不会疑心？”

“我已用影印本塞着空位，一时无人发觉。他们只把文件搁在茶水间邻房，真正草率，我还以为收在主席的夹子里。”

玉露忽然好奇，“夹子里收着什么？”

“不准节外生枝。”

“今晚主席请伙计到他家去参观，各人可带一名家眷。”

玉露不出声，金瓶转头对她说：“你去见识一下。”

“我们三人都可以去，我已经复制了请帖。”他取出来扬一扬。

不是请帖的问题，金瓶不想两个女生跟着一个男人走。

“你也有好奇心吧。”

那晚，他们三人到了豪宅门口，金瓶低头一看，讶异地说：“这么丑。”大屋占据整个山头，像只伏在地上的怪兽，深灰色，虎视眈眈，可见财富与品味的确是两回事。

宾客纷纷到达，排队在门口等保安检查核对请帖，请贴上有一条磁带，对秦聪来说，在电脑名单上加一个名字，举手之劳。

他们顺利过关。

一进大门，金瓶看见大堂内放着一座两层楼高的机器，不禁脱口问道："这是什么？"

身边一个男客说："十九世纪的蒸汽机。"

金瓶笑出来，"把这个放在家里，真是个怪人。"

"我是法律组的孟颖，请问你是——"

"我是齐家宁。"

"我带你四处参观，这屋子三万多平方尺[1]，平日只开放八千多平方尺，还有许多地方在装修中。主席今晚不在，他应大法官召到首府聆讯垄断事件，最近也真寝食难安。"

"听说屋内有许多机关。"

"传媒渲染罢了，书房里的确有一道秘门。"

"呵，通往何处？"

"请随我来。"

推开书房门，只见皮沙发上有一对年轻男女正在拥

---

[1] 香港常用面积单位，1 平方尺等于 0.1111111 平方米。

吻，对他们视而不见。

金瓶微笑，“的确不易找到接吻的地方。”

孟颖忍不住笑出来。

书房像一座小型图书馆，其中一个书架轻轻一推，自动滑开，两人钻进去，走下楼梯，原来是一间庞大的车房。

车房内停着两架直升机。

“这是一间飞机库！”

“你讲对了。他小的时候，母亲老是对他说：勿把遥控直升机携到屋内，所以现在他建造这个房间。”

“幼时的他是个顽童吧。”

“因此一直有顽劣儿聪明这个说法。”

房门打开，外面是一个飞机坪，再出去，是私人码头。

这一夜满天星斗，金瓶仰起头，“看，猎户星座的腰带多么明亮。”

“我带了酒来。”

这个叫孟颖的年轻律师自外套口袋里取出两瓶小小香槟，开了瓶塞，放入吸管，递一瓶给金瓶。

他这么懂得讨好异性。

金瓶笑了。

他说："这里才是接吻的好地方。"

金瓶笑道："有点冷。"

他立刻脱下外套，罩在金瓶肩膀上。

金瓶感喟，能够要什么男生就做什么，也只有这几年流金岁月罢了，之后，谁睬你。

外套上有陌生人的体温，金瓶静静喝完了香槟。

"家宁，可以约会你吗？"

"你有时间约会吗？"

"我是律师，他们允许我有私人时间，每周工作一百小时足够。"金瓶骇笑。

"真可怕吧，什么都得以生命换取。"

"你怎样看公司前途？"

"你真想知道？分拆已成定局，但无碍主席名留千古，亦不影响他的财富，只不过锐气受挫，心中不快而已。"

"究竟谁是谁非？"

“你站在他这边，是富不与官斗，一个人富可敌国，政府都妒忌他，你若站在官这一边，会觉得他的生意手法实在狠辣，逼着全世界人用他的产品。”

“你说得真好。”

“我最喜化繁为简，主席开会时喜同我说：孟颖，这件事，烦你用三句话解释给我听，这就是我的工作。”

毋庸置疑，他是个人才。

“那么，请把人生的意义用三句话演绎给我听。”

“既来之则安之，自得其乐，知足常乐。”

金瓶像是醍醐灌顶，“多谢指点。”

“不敢当。”

“呵，出来太久了，我们回去吧。”

他们沿小路自大门回转大厅。

“你会喜欢住在这间大宅里吗？”

金瓶忙不迭摇头，“不，两房两厅足够。”

孟颖笑，“那我可以负担。”

她把外套还给他。

走进大厅，各人已在用膳，食物异常丰富，但美式大菜，像烧牛肉、龙虾尾、炸鱼块实在叫她吃不消，甜得发苦的蛋糕像面盆般大，冰激凌似山般堆在玻璃盘上。

孟颖刚想问她吃什么，一转头，已经不见了她。

金瓶已与自己人汇合。

“这间屋子是每个少年的梦想：一味大大大，包罗万象。”

秦聪说：“他不谙风水，坐东面西并不是好方向。在北美西岸的房子，应坐北向南，况且大门向街，虽有私家路，也不算矜贵。”

“你几时做起风水师来，他并不住在这里，这不过是一所行宫。”

“交了货，我们立刻出境。”

“那么走吧。”

他们在市中心一家餐厅交货，三人坐下，才叫了饮品，临座便有客叫菜。秦聪把手提箱放身边，便有人取走，邻座仍然三个人，两男一女，可是箱子已经搬运出门。

他们三人叫了咖啡，再过十分钟便结账离去。

金瓶留意到邻座人吃橙鸭，真是奇怪的一道法国菜，橘子怎么连同肥腻骚的鸭子一同煮？不可思议。

金瓶忽然想起清甜的鱼片粥，放大量芫荽，不知多美味。

回去吧。

三人不发一言，回公寓梳洗化妆，十分钟后出门往飞机场。

有两部车子来接，金瓶笑："这次我与你一班飞机。"

两姐妹坐一起。

玉露先聚精会神织了一会毛线，然后抬头问："师姐，你看见我的时候，我有多大？"

"据医生说，你只有五个月，像一只猫，因营养不良不会坐，连啼哭也无力气。保姆老怕你生病，日夜抱手里。"

"我是韩裔？"

"韩裔多美人。我听人说，日本几个最漂亮的女演员，其实都是韩裔。"

"我们好像没有童年照片。"

“像移民一样，从此做一个新人。”

“移民后也可以保留原有文化。”

金瓶微笑，说下去：“后来，大了一点点，约周岁时，忽然想走路，摸着家具从屋子一端走到另一端。顽皮起来，所有可以打破的东西全给打破掉，各人大发牢骚。”

玉露掩着脸笑。

“接着，师傅教你手艺，更加烦恼，全家人钥匙、钱包、手表不知所踪。”

玉露面色沉了下来。

“怎么了？”

“师傅一直说我不够精灵：玉露，你再不用功，只好做饵，或是接手，一辈子当不上渔翁。”

“那是激励你。”

玉露说：“我一辈子都没听到过师傅称赞我。”

“我也是，你并不寂寞。”

“师傅真是吝啬。”

“规矩是这样，怕一赞就坏，恃宠生娇。”

“我或许会，我却不担心你，你看你多深沉。”

金瓶一怔。

“这些年来，我从未见过你高兴，也从来没见过你不高兴。”

“是吗？我是一个这样的人吗？你那样看我？”

“你再不喜欢，最多不出声。”

“嗯。”金瓶闭上眼睛。

“师姐——”玉露还想说下去，一转身，发觉金瓶已经睡着。

可见她是不高兴了。

玉露只得一个人闷着看杂志报纸。

到底不能像亲生姐妹那样，什么都说，生了气，也片刻和解。

她们之间，裂缝一定越来越大，最后决裂，互不来往，谁也不耐烦去修复关系。

这一程飞机只有几个钟头，师傅让她们在夏威夷大岛希露市着陆。

这次，师傅寄住在友人的咖啡种植园中。

下了飞机，有仆人来迎接，大岛不如火奴鲁鲁那般商业化，民风比较朴实。

车子驶进咖啡园，已经闻见醉人香气。

玉露说："真会享受，住葡萄园或菠萝园都宛如天堂。"

师傅坐在一张大藤椅上，看着一队七八岁大孩子练习土风舞。

教练是一个肥胖的太太，可是双臂与手指却都异常柔软，她手挥目送，一边示范一边形容，"白色海浪卷起，爱人回来了，过来，坐在我身边——"每个手势都有内容，像在说话，眉目传情。

屋子四周长满蛋黄花及大红花，玉露采了一朵别在耳旁。

她俩静静坐在师傅身边的矮凳上。

"回来了。"

"是。"

秦聪在身后出现，原来他比她们早到，递饮料给她们，并且交一台小小手提电脑给金瓶。

金瓶戴上耳机，听见新闻报告员说："……最新获得资料显示，微软企图垄断意图确凿，法官着其在十八个月内分拆……”

金瓶把电脑及耳机还给秦聪。

师傅的语速比平时慢，“你看右边第三个女孩，多漂亮可爱。”

金瓶看过去，是，乌发大眼，笑脸可亲，小小年纪，已经无限妩媚。

金瓶忽然轻轻说：“我在西雅图见到亲生父母。”

师傅并无意外，“这么容易找到？”

“我有线人。”

“他们是什么人？”语气十分平静。

“师傅你明知故问。”

“我实在不知他们是何方神圣，请指点迷津。”

“他们是齐础教授及太太，我本名齐家宁，是他们的大女儿，当年被人自家中拐走。”

师傅轻轻问：“这事由他们亲口告诉你？”

“我跟弟妹长得一模一样。”

师傅微笑，“右边第三个小女孩子，同你何尝不是一个印子，所以，我叫你看。”

金瓶不出声。

“你是听谁说的？”

金瓶发觉自己鲁莽。

“你不觉有疑点？”

金瓶答：“我亲自去过齐家。”

“在师傅家生活十多年，忽然听见陌生人说几句话，就立刻相信了，反转身来当师傅是仇人。”她声音渐渐疲倦，“你是师傅，你可曾心灰意冷？”

她站起来，拂袖回屋子里去了。

金瓶独自坐在凳上苦恼。

师傅早有准备，一定有人通风报信。

“秦聪，是你。”

“我不做这种事。”

“那么，是玉露。”

“整个师门都出卖你？”秦聪十分讽刺。

金瓶伏在膝上。

秦聪替她按摩肩膀，“少安毋躁，师傅这次是来看病的，你实在不应惹她生气。”

“什么病？”金瓶愕然。

“我也是刚才知道，她明天入院做手术割除肝脏肿瘤。”

金瓶瞠目结舌地站起来。

“去，去向她道歉。”

金瓶奔进屋去。

玉露正替师傅收拾衣物，师傅看见金瓶，挥挥手：“你且去忙你的事。”不想与她多说。

秦聪把她拉走。

“这一阵子你一开口就是与师傅算账，不是要自立门户，就是控诉师傅拐带，是谁挑拨离间，你为什么那样相信他？”

金瓶说不出话来。

“一切待师傅熬过这一关再说可好？”

金瓶用丝巾包了一大包芍药及玫瑰花瓣给师傅当枕头。

第二天一早六点钟起来送师傅进医院。她竟不知师傅已经病入膏肓。

医生向他们详细讲解病况，最后问：“王女士是你们什么人？”

秦聪答：“老师。”

医生讶异：“你们三人只是她的学生？”

他以为三个神情委顿、眼睛发红的年轻人是至亲。

他说下去：“自病发至今，只有三个月时间，手术已是最后一步。”

玉露忍不住流泪。

金瓶把手搭在她肩上。

医生说：“你们可以进去看她。”

师傅已接受注射，神情镇定，但十分疲累。

金瓶不敢向前，只见师傅对秦聪与玉露都有吩咐，最后才轮到她。

“过来。”师傅终于叫她。

金瓶走过去蹲下。

师傅看着她叹口气，“你的生父并非高贵的大学教授，你来自乡间，父母极大可能是佃农，这样简单的事，验一验脱氧核糖核酸便有分辨，何必猜疑。”

金瓶伸手去握住师傅的手。

师傅忽然笑了，她的面孔出乎意料的年轻娟秀，“你去自立门户吧，出来之后，我也该退休了。”

“我——”

“也许我的经营手法确是不合时宜了，意兴阑珊，数十年啦，唉，盼望的人却还没来。”声音渐渐低下去，说话已经迷糊。

金瓶守在师傅身边，动也不劲。

渐渐腿部麻木，她站起来，走了个圈子，窗外天色已暗。

听见师傅唤她：“金瓶。”

金瓶连忙过去扶起师傅。

“给我喝一口蜜水。”

金瓶喂她喝水。

“我从来没有同你说过我的经历。”

“师傅就是师傅。”

“记住，金瓶，不要相信男人。”

金瓶一怔。

“你看，为了救一个人，我甘愿牺牲这双手，可是，最终那个人嫌弃我，离开我。”

金瓶握着师傅的手不放。

“有一段时间，我仿佛已忘记这件事，可是今日又不甘心，陈年往事，通通想起，耿耿于怀，不得超生。”

这时，秦聪进来说：“师傅说些什么，不要太劳神。”

师傅看着那美少年说：“金瓶，别忘记刚才我同你说的话。”

秦聪问：“师傅说了些什么？”

金瓶笑说：“师傅叫我不要相信你。”

秦聪忽然变色，退到一个角落，过一会儿，他说：“我先出去。”

在门外，玉露叫住他，“可听到什么？”

“她们只是闲话家常。”

玉露忽然笑了，这本来不是应该笑的时候，她却笑得十分畅快，像一个小孩看见心爱的糖果般。

“师傅真心喜欢金瓶，要是我同你那样激怒她，早被撵出门去。”

秦聪不出声。

“去，再去听她们说什么。”

“要听你自己去。”

玉露忽然现出老成的表情来，“这不是闹意气的时候，师傅的财产——”

“师傅一定无恙。”秦聪打断她，“我们三人仍然效忠于她。”

玉露嗤一声笑。

秦聪忽然不耐烦问：“你笑够没有？”

玉露把手搭在他肩上，“你从来不会这样对金瓶说话。”

秦聪一耸肩，拂掉她的手。

他走到一个角落坐下。

三个人从小一起长大，他喜欢金瓶多一点，可是，他的想法比较简单，金瓶却时时叫他为难，“秦聪，我与你一起出发去寻找亲生父母可好？”“秦聪，你对身世不好奇吗？”

人太聪明了，想法很奇特。

听了外边的故事，回来同师傅计较。

有人告诉金瓶，当年师傅曾为一个男子牺牲，那人却辜负了师傅，另外结婚生子，而金瓶，正是其中一个孩子。师傅为着私人恩怨，把孩子拐带。

传说越来越盛，好似有一百张嘴一千张嘴齐齐讲话，走到哪里都有人在背后窃窃私语。

秦聪听见金瓶问章阿姨："我从什么地方来？"

章阿姨是何等的人，怎么会露口风，只是苦劝："金瓶，你得相信你师傅。"

不知金瓶有没有听进去，秦聪却牢牢记住。

这时，金瓶出来说："师傅有话同我们说。"

玉露立刻进房去，秦聪跟在身后。

师傅看着他们三人，但笑不语。

过一会儿她说："人的命运真是奇怪。"

金瓶一凛，好端端怎么谈起命运来。

"你看你们三人，不同族裔血统，今日却聚在我门下。"

金瓶肃静，太像遗言了。

"我最痛恨的一件事是残害同门。"

金瓶说："师傅请放心——"

"谁先动手，谁即是罪魁，罪无可恕，明白吗？"

他们三人点头。

师傅扬一扬手，忽然像是想起了极遥远的事，喃喃说："命里注定没这件事，怎么追求也没有用。"

金瓶说："师傅，我们都明白了。"

"我有一知己，叫岑宝生，他值得信任，作为朋友，最好不过。我住的园子，即属于他所有，你们有什么要求，不妨向他提出来。"

这时，看护轻轻进房道："手术室已准备妥当，要推你上去了。做完手术再讲吧，你看你的子女多听话。"

她总算闭上了双眼，"记住，岑宝生与章阿姨，万一——"

护士嘘一声打断她。

护士帮她注射时，医生也来了，笑着说："还舍不得走？"

金瓶瞪了这个口不择言的医生一眼。

看护把她双手放在胸前。

她已脱去手套，金瓶依依不舍地握住她的双手。

医生带着他们离去。

秦聪说："师父说她在年轻的时候来过大岛。"

金瓶说："我一个人留在这里，你们回去等消息。"

"我们三个人在一起可以玩'蛇爬梯'游戏。"

金瓶说："那好，一起去会客室等候。"

不久一个中年男子赶到，与秦聪握手，秦聪介绍："咖啡园园主岑先生。"

这是一个粗壮大汉，穿猎装。园主不一定要亲手打理业务，可是也有人喜欢亲力亲为，看得出岑先生就是这种人。

"我刚自欧娃呼飞回来，她怎么样？"

他背脊被汗湿透，双手叉在腰间，十分焦急。

秦聪说："我与你去见护理人员。"

两个男人一走，玉露明显不安。

金瓶问："师傅刚才同你说什么？"

"师傅交代的都似遗言，她告诉师兄钥匙放在什么地方，叫我升学，并且两次提及，这一行已经式微，前途不大。"

她终于肯承认了。

岑先生不久出来，叮嘱他们："我出去办点事，随即再来。”

这时有护卫人员进来交涉，“先生，医院停机坪作紧急降落用，请立即将阁下的直升机驶走。”

“我立刻开走。”

他们看着这彪形大汉离去。

手术进行一个小时，金瓶看看钟，好了，她心想，还有一个多小时就可以出来。

玉露累极，已在长凳上盹着，秦聪与金瓶聊天。

“岑先生是师傅的朋友？”

“看样子是好友，不是爱人。”

“恋情靠不住，友谊比较耐久。”

秦聪取笑她，“你何来心得，你恋爱过几次？”

“岑先生非常关心师傅。”

“师傅也有知心友。”

这时，手术室外忽然传来一阵骚动，随即又平复下来。

金瓶不放心，站到门口观看。

不到一会儿，医生出来。

秦聪立刻警惕，迎上去：“什么事？”

一看到医生的面孔已知不妥。

秦聪按捺不住，伸出手去抓医生肩膀。

一个女看护连忙过来站在他们当中："病人王其苓女士在手术途中心脏突然衰竭，抢救无效，于十一时零五分抢救无效死亡。"

秦聪一听，双手停在半空，他一心以为师傅还有一段日子可熬，没想到会有这样的意外。

他四肢僵硬，好不容易转过头去，看见金瓶倚着墙，低着头，像是站不稳的样子。

金瓶眼前金星乱舞，天旋地转。

她本能地扶住墙壁，以防跌倒，耳畔嗡嗡声，什么都听不见。

心情却出奇平静，脑海中浮起往事，异常清晰。她看见一个几岁大的儿童，衣衫褴褛地在戏院门口行乞，"先生，买一枝花"，那是她自己。

然后，她看到一个美貌女子，身穿皮裘，日后，金瓶才知道那种漂亮的大毛叫银狐。她每说一句话，口气哈到狐狸毛，毛尖便会轻轻拂动，那情景真是动人。

她跟师傅回家，师傅教她手艺。

金瓶身体忽然放软，她眼前一黑，失去知觉，跌倒在地。

醒来的时候她躺在病床上。

秦聪与玉露在一旁，玉露双目红肿，显然已痛哭过。

看护过来扶起她，递一杯热可可到她手上："喝了它会舒服点。"

这时，他们看到岑先生进来坐下。

那大汉黯然说："我已见过她最后一面，十分宁静。她日前同我说希望安葬在一座面海的小山上，我会替她找到那样的地方，你们放心。另外，她有遗嘱在律师处，不久可以宣读。"他忽然饮泣。

然后他说："欢迎你们住在岑园中，多久都不妨，当自己家里便可。"

他与他们紧紧握手。

"我得往猫儿岛去处理业务，胡律师会与你们接触。"

回到岑家，管家已经取出黑衣黑裤给他们替换。

玉露多添了两件衣服，还是说冷。

秦聪沉思缄默。

天窸窸窣窣下起雨来，玉露忽然把书本全摔到地下，愤愤地说：“金瓶，师傅是被你气死的。”

秦聪转过头来，“小露你静一静。”

金瓶一声不响看着窗外雨淋芭蕉。

“你看她无动于衷。”

“小露你不如去收拾师傅遗物。”

玉露这才向里边走去。

秦聪说：“大家都悲愤过度，甚易迁怒，我真不明白，到了二十一世纪，医学尚且这样落后。”

金瓶动也不动。

——“你喜欢这只金色的瓶子，你就叫作金瓶吧。”

用人捧着一大瓶雪白色玉簪花进来，放在桌子上，作供奉用。

金瓶站起来走出去。

秦聪说：“你打一把伞。”

金瓶不出声，一直往街上走，还没走出岑园范围，浑身已经淋湿。

到了公路附近，看到一辆旅游车，便漫无目的坐上去。

满车都是年老游客，一个好心的老太太给她一条披肩。

导游这样说："大家可知世上最名贵咖啡正产自夏威夷？"

大家呵一声。

"下一站，是往蒙娜基亚火山公园，今日微雨，一会我们会提供免费雨衣。天雨刚好减却火山热度，哈哈哈。"

金瓶闭上酸涩的眼睛。

师傅是她世上唯一亲人。

在这之前，她在贫民窟住，地铺有一股臊臭味，至今还在鼻端。深夜，有许多手来捏她。

是师傅搭救了她。

但是，她总想脱离扒窃生涯。

"你生父不是高贵的大学教授。"

"到乡间去寻亲吧。"

邻座的老太太斟一杯咖啡给她：“你脸色不大好呢，第一次游览火山公园？”金瓶点点头。

“我也是，我与女儿女婿乘水晶号环岛游，独自上岸看火山，他们还在船上睡觉呢。”

车子停下，司机派发雨衣。

“请跟我走，看，火之女神披莉正发怒呢。”

不远处，火山口冒出浓烟来。

有老先生咕咕笑：“熔岩可会随时喷发？”

“步行十多分钟便可看到奇景。”

金瓶开头跟大队走，他们停了下来，她却不顾一切走上山顶。

不久便看到一个木牌上写着“游客止步”大字。

她漫无目的，继续向前。

又有告示出现：“请即回头，危险。”

金瓶忽然微笑，并且轻轻说：“眼前无路思回头。”

这时，脚下已全是黑色一团，冷却干涸的熔岩，不远处霭霭冒出丝丝蒸气，温度上升。

金瓶轻轻往上爬，脸上冒出汗来。

忽然地噗的一声，像脆皮似裂开，露出丝丝暗红色的馅。

金瓶低头凝视这诡异的景象。

她的头发飞舞蜷曲，胶鞋底发出吱吱响声融化。

她还想往熔岩源头走，忽然之间，有人自背后紧紧箍住她的双臂，硬把她抱下山去。

那人把她放在山脚，气呼呼地说："危险！你太贪玩了。"

金瓶把脸埋在手心里。

"哪辆旅游车？我送你回去。"

这时司机赶上来，"什么事？"

那高大的公园守卫笑："霎时间我还以为火神披莉站在山上呢。"

司机这时起了疑心，"小姐，你可有购票？"

金瓶点点头，伸手在他外套口袋一扬，已取得票子在手，再一转手，把票子交还他。

那司机毫不疑心，"呵，呵，请上车。"

金瓶伸手摸一摸疼痛的手臂，薄薄一层皮肤像透明糯米纸似褪下。

已经炙伤了。

她想起师傅说的话："这回某人不死也脱一层皮。"

就是这个意思。

同门

肆·

『一个人无论如何要生活。』

『一个人去到哪里都可以存活。』

车子到了岑园，金瓶扬声："请停车。"

她下了车，回到屋中，和衣躺在床上。

一直希望离开师傅，今日，师傅先离开了她。

秦聪进来说："你看你一身泥浆，去什么地方了？一股琉黄味。"

真没想到师傅比她更早脱离这个行业。

"胡律师快来了，你起来梳洗。"

金瓶点点头。

他们三人都换上黑衣黑裤，剪短头发，全身里外不见一丝颜色，静静在书房等候律师。

胡律师进来。

“在场的可是秦聪、金瓶及玉露三人？”

他们称是。

“我宣布王其苓女士的遗嘱。”

他们静静聆听。

胡律师轻轻读出来：“我王其苓没有积蓄，身无长物，所有的，已经教会三名徒弟，并无藏私。现在，由金瓶承继我的位置，一切由她做主。你们所看见的财物，可以随意分派，我祝你们人生道路畅利愉快。”

胡律师抬起头来。

秦聪讶异：“她在世界各大都会的房产呢？”

“那些房子、公寓都是租来的，许多租约已满，也有些欠租，现在我正在结算。”

玉露到底年幼，不禁想到自身：“那我们住在哪里？”

胡律师答：“岑园欢迎你们。”

秦聪咳嗽一声：“我们已经成年，应该自立了，她没有现款？”

胡律师摇头：“她生活相当花费，家中雇着三五个仆人，开销庞大，并无剩余。”

“师傅有许多首饰——”

“她对身外物并不追求，你见到的，都是假珠宝。”

秦聪目瞪口呆。

胡律师告辞，“有什么事可随时找我，这是我的名片。”

他来去匆匆，总共逗留了二十多分钟的时间。

秦聪在书房里踱步，“金瓶，蛇无头不行，你说，该怎么办？”

金瓶抬起头来，“我们其实都不是贪钱的人，可是都没想到师傅会双手空空。”

玉露最讶异，师傅的首饰都由她看管，“都是假珠宝？我竟看不出来。”

“你读过珠宝鉴定，怎会分不出？你根本是从头到尾都不曾怀疑。”

她匆匆到寝室取出首饰盒子，打开，伸手进去拿出一串深红珊瑚镶钻和大溪地孔雀绿黑珍珠。

摊在手中，至今他们三人辨不出原来是假货。

金瓶说：“即使是真的珠宝，卖出去也不值什么。”

秦聪问：“可有想过以后怎样筹生活费？”

“我不知道，茫无头绪。”

“你不是一直要脱离师门吗？你一定有计划。”

“我计划退出江湖。”

“一个人无论如何要生活。”

“一个人去到哪里都可以存活。”

秦聪凝视她，“你打算扒游客皮包维生？”

“不，我打算读书，结婚，生子。”

玉露站起来，“你们两个人别吵了。”

秦聪把脸伏在手心里。

“现在才知道师傅担着这家不是容易事。”

秦聪又说：“我从未想过要走。”

玉露推他出去，“你去游泳，或是到沙滩打排球吧。”

他取过外套出去。

书房内剩下她们俩姐妹及一盒假首饰。

玉露取出一副装饰艺术款式的流苏钻石翡翠耳环戴上，立即成为一个古典小美人。

金瓶打消了解散集团的意念。

她轻轻把师妹拥在怀中，“我不会叫你吃苦，你回学校去读书。”

玉露低声抗议：“我不想读书。”

“去，去收拾师傅衣物，人贵自立，我们尽快离去。”

傍晚，金瓶躺在大露台的绳床上，看着天边淡淡新月，心中一片空白，对未来一成把握都没有。

师傅这个玩笑可真的开大了，把整个家交给她。

要维持从前那般水准的生活，那真是谈何容易。

“原来你在这里。”

这是谁?

金瓶转头一看，却是岑园主人。

她轻轻叹口气。

他手里挽着冰桶，坐在金瓶身边的藤椅子里，手势熟练地打开酒瓶，斟一杯香槟给金瓶。

金瓶坐到他对面说：“岑先生，多谢你帮助我们。”

他说：“我还未曾正式介绍自己，我叫岑宝生，美籍华人，祖上是福建人，三代经营这座咖啡园。你知道檀岛咖啡吧，就是指这个土产了。”

金瓶点点头。

“我认识你师父的时候，她年纪同你差不多。”他停一停，“你与其苓长得颇像，都有一张小小瓜子脸，”他伸出手掌，“只有我手心这样大，可是心思缜密，人聪明。”

“你们是老朋友？”

“二十多年了，那时她还未领养你们三人。”

“你们怎样认识？”

“不打不相识。”

“她向你出手？”

“她在游轮的甲板上窃取我银包。”

“为什么？”断不是为钱。

“我袋里有一张免查行李的海关许可证。”

原来如此。“这种许可证十分罕有。”

“家父鼎力协助一位参议员竞选州长，事成后他特别给我家一张许可证。”

“当年你一定有点招摇。”

岑宝生笑道：“被你猜中。”

“她一定得手。”

“不，全靠我长得高大，我手快，她被我抓住。”

“不可能，”金瓶说，“她怎么会失手，你请站起来，我示范一次。”

岑宝生站起来，金瓶只到高大的他肩膀左右。

他说：“我准备好了，你出手吧。”

金瓶摊开手，他的钥匙钱包已全部在她手上，还有一包口香糖。

“啊。”岑宝生惊叹。

“师傅故意找借口与你攀谈。”

“我到今日才发觉她的用意。”

“她对你有好感。”

他搔搔头：“想必是。”

“当年你可是已经结婚？”

“我至今未婚。”

“你与师傅应是一对。”

岑宝生不出声，隔一会他说：“她不愿安顿下来，她同我说，看着咖啡树成长不是她的那杯茶。”

“明明是咖啡，怎么会是茶？”

岑宝生苦笑道：“时间过得真快，匆匆二十年，每逢身子不适，她总会来岑园休息。”

一瓶酒喝完，他又开第二瓶。

“她不大像生活在现实世界里，所拥有的一切，都半真半假：姓名、护照，都是假的，对朋友的情义，却是真的。”

“我太明白了。”

“一次，咖啡园地契被我小叔私自取去当赌注，一夜之间输个精光，祖母急得团团转，她知道后一声不响出去，回来时地契原封不动放在桌子上，她是岑家恩人。”

金瓶微笑着说：“她可有告诉你，她用的是什么方法？”

“她说分明是有人设局骗取地契，不必对他客气，她用美人计。”

金瓶好奇，“美人计有好几种。”

岑宝生微笑道：“她告诉我，第二天，那人在赌场炫耀，把岑园地契取出招摇，接受崇赞。她坐在他对面，逢赌必输，他走近与她搭讪——”

“完了。”

“是，她掉了筹码，他替她拣起，从头到尾，没说过一句话。”

金瓶心中钦佩。

师傅最拿手的本领是永远让对方走过来，不不，她同金瓶说：“你不要走过去，那样，他会有所警惕，你待他自动走过来，自投罗网。”

师傅几乎是个艺术家，也像一般艺术家，不擅理财。

“她说她脸上敷的胭脂粉，其实是一种麻醉剂，嗅了会有眩晕的感觉。”

“不。”金瓶笑了，“从来没有那样的胭脂，是那些人自己迷倒了自己。”

两个人都笑了。

“后来我们才知道，指使那个职业赌徒的，是一家美国商行，那原来是一场商战，美国人想并吞咖啡园。”

金瓶点点头。

他忽然说：“小露说你叫她收拾行李。”

金瓶说：“是。”

“你不该见外，我说过你们可以一直住在岑园。”

“人贵自立。”

“那是指没有相干的人，我与你师傅若结婚，你们就是我的孩子。”

金瓶一怔，没想到魁梧的他有这样浪漫的想法。

“有空到欧娃呼及猫儿岛来参观，那两岛也有岑园，我家族现在只剩我一人，你们住在这里，我也热闹一点。”

金瓶不出声。

“家母生前办了几家幼稚园，现在共有学生百余人，免费教学，她有空时最喜欢同孩子们一起做美工，你可有兴趣？”

金瓶微笑。

这大块头中年人真的可爱爽朗，一脸胡子茬，几乎看不清五官，啤酒肚，手掌有蒲扇大，像一头棕熊。

想念师傅，金瓶垂头。

“金瓶，你真名字叫什么。”

金瓶答：“我不知道。”

“你想知道吗？”

“我已不再想知道什么。”

“一个人生世如谜，一定十分不安。”

玉露出来了，“师姐，我不知道什么该扔掉，什么该保存。”

岑宝生咳嗽一声：“在岑园的东西，全属于我，不可以送人，也不可以带走。”

金瓶讶异，这人如此情深，始料未及。

她走进师傅寝室，发觉房间宽敞，但家具不多！小小一张梳妆台，用镜子拼砌而成，蓝水晶灯似反映阳光，形成片片彩虹，碎碎落在墙上及地上。

光是这张小镜台，就叫人回思。

镜台上有一副白手套，一条披肩，长长流苏搭在小座几面上。

衣柜里只得十件八件衣裳。

的确无需收拾什么，师傅根本没有身外物。

岑宝生说：“无论喜欢逗留多久都欢迎。”

这话已经重复多次，金瓶十分感激。

玉露说：“我俩是女生，无所谓哪里都可以生活，秦聪却不想寄人篱下。”

岑宝生说："我手上有几类生意，秦聪可以选一样，这不是问题。"

玉露嗯一声，"他的意思是，他不愁生活，不求安定，又不乏友伴，他决定浪迹天涯，靠自己生活。"

金瓶意外，"他这样说？"

"是，师姐。他的意思是，你不必替我们着想，一出生我们已经注定是另外一种人，我懒读书，他懒做官，我们商量过，决定组队打天下。"

金瓶轻轻说："那么，我也去，老规矩。"

岑宝生见无论如何留不住这三个年轻人，不禁气馁。

玉露微笑，"那么，我去通知秦聪。"

他们三人，也没有太多行李需要收拾。

稍后，秦聪回来了，他们坐下来商量出路。

"学师傅那样，我们保留一个大本营，你不是一直喜欢曼谷？"

"抑或回香港？"

"不如就在夏威夷定居，这里有英语国家的先进设施，又有原住民的风土人情。"

秦聪忽然说："照顾你俩是极大负担。"

玉露即刻反驳："说不定是我们照顾你。"

"我们接什么样的工作？"

"希望客人会找我们，秦聪，见一步走一步。"

"那么搬出去再说，在人檐下过，浑身不自在。"

当天晚上，他们向岑园告别。

管家这样说："岑先生苦留不住，十分遗憾，他想与金瓶小姐单独说几句话。"金瓶觉得确有这个必要。

"他在什么地方？"

"司机会接你去。"

秦聪说："我陪你。"

金瓶答："不怕，你在这里陪玉露好了，我对岑先生有信心。"

她早已训练双一双法眼，看人甚准。

她踏上一辆小小开蓬吉普车。

一轮硕大晶莹的月亮一路尾随她，车子直驶到海边停下，司机笑说："这里是岑园开设的海鲜餐馆。"

原来岑宝生的生意如此多元化。

一个领班在门口等她，金瓶走近，四处张望，人呢？

那人说："金瓶，你不认得我了。"分明是岑宝生的声音。

金瓶吃惊，她对于化妆术颇有心得，可是岑宝生似乎更厉害，他剃了大胡子，剪短头发，换上西装，判若两人。

金瓶睁大双眼，"你是岑先生？"

他笑笑，"可见我过去是多么不修边幅。"

"上下午宛如两个人。"

他说："我替你饯行。"

"不敢当。"

他把她带到沙滩边一张桌子坐下，立刻有人上来斟酒。

厨子在沙滩明炉上烧烤。

一群小孩子嘻嘻哈哈跑出来，在乐声中跳土风舞。

篝火边，金瓶发觉岑宝生比她想象中年轻十多岁，并且，他有一双热诚的眼睛。

孩子们扭动着小小身躯，痛快地表达了对生命洋溢的欢乐，然后随乐声而止，一起涌到长桌边取海鲜及水果吃。

金瓶赞叹："何等自由快乐。"

岑宝生忽然说："这一切，你也可以拥有。"

金瓶一怔。

"日出而作，日落而息，略识几个字，欢喜时跳舞，肚子饿了饱餐一顿，我常同孩子们说，这才是人生真谛。"

金瓶微微笑，他仍然在游说她留下。

岑宝生分明是一个头脑极其精密老练的生意人，却把生活简化得那样自在容易。

只为着想说动她。

金瓶笑，"岑先生，你的意思是……"

"请你留下做我的伴侣。"他十分坦白。

金瓶内心有丝向往。

在这里终老多么安宁，他们这种自幼跑江湖的人，三十岁已是退休理想年龄。

岑宝生对她的人生了如指掌，不必多做解释，这是他最大优点。

她的大眼睛看着他。

侍者搬上一大盘烤熟的各种海鲜，用手掰着吃即可。

金瓶挑了只蟹盖，用匙羹[1]挑蟹膏吃。

“你说过我像师傅。”

“是。”

“当年师傅婉拒你的好意，她说她不喜受到拘束。”

“金瓶，难道你的脾气与她一样？”

“我是她的徒弟，我同她一般脾气，多谢你的好意。”

他自她黑瞳瞳的眼睛里，看得出她心中的话，她渴望爱情，他的确是个理想的归宿，但是她不爱他。

他轻轻说：“许多炽热的爱情，都只能维持一季。”

“我明白。”金瓶微微笑。

“你师傅当年同我说：宝生，它不耐久。”

金瓶扬起一边眉毛。

“出卖她的人，正是她深爱的人。”

“你的看法太悲观了。”

“不，金瓶，我只是把真相告诉你。”

“岑先生，弟妹正在等我。”

---

[1] 粤语词语，与勺子同义。

“金瓶，你若累了，欢迎你随时来憩息。”

有人走近，“由我接师姐回去吧。”

是秦聪来了。

金瓶再三道谢，握紧秦聪的手，与他转头离去。

秦聪驾一辆小小摩托车，噗噗噗把金瓶载回市区。

金瓶把脸靠在他背上。

“大块头向你示爱？”

金瓶没有回答。

“你若撇下我们，即时可享荣华富贵，穿金戴银。”

金瓶嗤一声笑出来。

“他们都觉得你无可抗拒。”

“他们？”

“别忘记沈镜华，还有孟颖。”

金瓶想一想，“他们太年轻，不算数。”

“那么，我的劲敌，只有大块头一人？”

“你真的那么想？”

金瓶双臂束紧他的腰。

他轻轻转过头来，“紧些，再紧些。”

“说你爱我。”

秦聪畅快地笑，摩托车飞驰过市。

他们当晚就走了。

漫无目的，离开这一组太平洋小岛，飞往西方，在旧金山着陆。

玉露问：“当年，他们真的见过一座金山？”

“梦想是金山银山，我们对财富的看法真正彻底，如果这是旧金山，新的金山又在什么地方？”

秦聪在飞机场租了车子，“跟我来。”

“不要走太远，我的身边只剩下一点点钱。”

这个时候，有两个红脸皮日本中年人围住了玉露，问她姓名，要她电话号码。

金瓶冷笑。

秦聪走近，他问：“我也有兴趣，你可要我的住址？”

日本人看他长得魁梧，知难而退。

玉露却不动气，反而笑，“东洋人嫌师兄老。”

上了车，把他们的护照旅行支票现钱全部抖出来。

“咦，这是什么？”

金瓶一看，是与未成年少年一起拍摄的极度猥亵照片。

秦聪说："连护照一起寄到警察局去。"

"正应这样。"

玉露轻轻说："钞票全是清白无辜的。"也只有她会这样说。

她笑着把现款放进口袋。

秦聪在信封上写上"警察局长收"，然后将护照连照片放入信封丢进邮筒。

玉露说："现在可以住套房了。"

他们在游客区挑了一间五星酒店住。

秦聪说："大隐隐于市，这是个龙蛇混杂的好地方。"

金瓶忽然想念岑园的清宁。

"人海茫茫。"她喃喃说。

秦聪握紧她的手。

玉露看在眼内，别转面孔。

进了房间，放下行李，他们分头梳洗。

幼时，师傅一直替他们置白色纯棉内衣裤，到了今日，他们仍然保持这个习惯。

金瓶用毛巾擦头，看见秦聪在私人电脑上看电邮。

“有消息？”

“你看。”

金瓶探头过去。

“大卫之星要求与王其苓女士联络，介绍人：章小姐。”

金瓶说：“问他们有什么要求。”

秦聪立刻问：“大卫之星，请说出要求。”

玉露在一旁说：“大卫是犹太人的祖先。”

“啊，是流浪的犹太人。”金瓶已经有了好感。

半晌，回复来了。

“希望面谈，请指明会晤地址。”

金瓶说：“旧金山唐人街中华会馆门前，明日下午三时。”

他们考虑了几分钟，这样答：“我们派阿伯拉罕海费兹来见你，他是一个高大的年轻人。”

秦聪说：“届时见。”

“去查一查大卫之星的来龙去脉。”

“鼎鼎大名的犹太人组织，分会分布全世界，专为犹太裔出头，就算一张免费派送销路数千的区报上有言论对他们不敬，势必采取行动，狮子搏兔，叫对方道歉赔偿为止。”

金瓶叹口气：“华人也应采取同样态度。”

“我们三千年来讲究忠恕。”

玉露找到大卫之星的资料，“他们至今仍然不放过德国纳粹战犯，逐一追踪，暴露他们身份。”

“他们要我们做什么？”秦聪纳罕。

“我一点头绪也没有。”

接着电邮又来了。

“大卫之星通讯人员得到可靠消息来源，谓王其苓女士已于最近不幸辞世，请证实。”

金瓶答：“家师的确已因病去世，你们有权取消约会。”

“那么，我们愿意同金瓶小姐会面。”

“我正是金瓶，明日见。”

玉露羡慕地说：“师姐已经有名气了。”

“想必是章阿姨关照。”

金瓶打一个哈欠，回房去小息。

秦聪取过外套。

玉露问："你去哪里？"

他回过头来："需要向你交代吗？"

"你不会撇下金瓶。"

"金瓶从来不会缠着任何人。"

他开了门走出去。

玉露取过桌子上的茶向他泼过去，茶只淋在门上。

她含怒走到露台，在那里一直站到天黑。

渐渐她生了邪恶的念头。

有一个声音在她耳边响起："不不，不可以。"

她听见自己说："为什么不可以，我们根本就是不法之徒。"

身后传来金瓶的声音："你自言自语说什么？"

玉露转过身子，"没事。"

金瓶叹口气："师傅不在了，大家不好过。"

"师姐心想事成。"

"咦？"

"才嫌师傅，师傅就走。"

“我正在后悔。”金瓶垂头。

“你现在当然这样说，实际上，如释重负，可是这样？”

“玉露，我并无此意。”

“如今，每个人都得听你的了。”

“你不服气？”

“啊哈，哪里轮到我有异议。”

“小露，心境欠佳，少说话。”

“是是是。”玉露扬起双手走开。

秦聪推开门进来。

他说：“中华会馆门口不远处有座牌楼，你们见了面，可约他到双喜茶楼，我已与老板打过招呼，那地方还干净。”

凡是有华人的地方，就非得筹款盖一座牌楼，号称中华门，结果也扬名四海，外国人就叫它 PAI LAU，也懒得翻译。

金瓶问：“双喜可有后门？”

“有，在厨房里。”

秦聪说：“我与小露会坐靠门的位子。”

金瓶点点头："小露心情欠佳，你陪她出去逛逛。"

"谁理她，都是你们把她宠坏。"

第二天，金瓶化装成一个中年妇女，衣着十分考究，可是衣服全是十年前式样，外套还有大垫肩，白鞋，深棕丝袜，百分百过时。

她准时到中华会馆，看到染金发的华裔少年三三两两聚集。

三时整，有人走近问："可是金瓶小姐？"

金瓶抬起头，"海先生，请到双喜喝杯茶。"

那年轻人欠欠身，"好。"

他们走进茶楼，靠边坐下，伙计来招呼，海费兹用标准粤语说："给一壶寿眉及一碟豉油王炒面。"

金瓶笑了。

他凝视她，"你原来这么年轻，始料未及。"

金瓶收敛笑容回答："足够做你母亲了。"

这时，秦聪与玉露进来坐到门口座位。

"这件事，你太年轻了，怕没有兴趣。"他有点迟疑。

金瓶轻轻问："你们做事，习惯这样啰唆？"

他脸红，咳嗽一声，喝一口寿眉茶，定定神。

这女子一双眼睛黑白分明，不笑也像在笑，根本不属于中年妇女。

她能胜任这项任务吗？

他自公文袋取出两张十乘八的照片，交给金瓶看，照片中是一幅西洋画。

金瓶对美术的认识十分普通，但是西洋画大师不过是那几个人，风格突出，一望即知，甚易辨认。

这是一幅精美的风景画，却并非名家作品。

左下角有显著签名，画家叫史洛域斯基。

一查资料就可以知道画的市值如何。

另一张照片是画的背面，贴着柏林美术馆的标签与编号，画的名字叫《春雾小城》。

金瓶问了一个关键性问题："这幅画此刻在什么地方？"

"直布罗陀。"

"什么？"

"画像人一样。"海费兹感慨地说，"有它自己的命运。"

"它的命运十分奇突。"

“是，史洛域斯基是波兰犹太裔画家，这幅画在二次大战时落在纳粹手中，收藏在柏林美术馆。”

“啊。”

“它的原主人，是我舅公。”

金瓶可以猜到，画里有一篇血泪史。

“这幅画并非珍品，至今拍卖行估价不过十万美元左右，纳粹全盛时期，美术馆借这幅画给德国大使馆作装饰用。这幅画，最后挂在北非一个国家的使馆。”

金瓶嗯一声：“当然，那里与直布罗陀只隔着一个海峡。”

“你说得对。稍后，盟军步步进攻，德军败退，大使撤退，忽然有人将使馆内值钱之物盗出出售，这幅画，被直布罗陀一个商人买去。”

“呵，我们中国的文物，也有着许多这样叫人唏嘘的故事。”

“所以我说，只有华人才能了解犹太人的辛酸。”

“你要取回这幅画。”

“是，大卫之星正设法寻回所有二次大战前属于我们的财产。”

金瓶轻轻说：“你们永志不忘。”

“是。”海费兹斩钉截铁般说，“我们永远不会忘记，也绝不宽恕。”

金瓶不出声。

“这是我们愿付的酬劳。”

他写了一个数字。

是画价的好几倍。这件事，已变成原则问题，他们务必要讨回公道。

“请速下手。画主已将画售给一个柏林商人，该人打算将画赠送柏林美术馆。”

“你可出更高价。”

“画主是纳粹同情者。”

啊，水火不容。

“请尽快行动。”

“没问题。”

海费兹的国仇家恨忽然涌上心头，双眼发红：“谢谢你。”

他站起来离开双喜茶楼，秦聪与玉露尾随他出去。

金瓶回到酒店，立刻找直布罗陀的资料。

她印象中那是一座白垩峭壁，海鸥哑哑，盘旋不去，景色壮观肃杀。

她错了。

互联网上的资料图片叫她惊讶，她一看不禁叫出来：“像香港！”

不错，高楼大厦顺着山势一层层建造，已经发展得一点空间也没有了，一看就知道这半个世纪来，直布罗陀已进化成一个商业都会，是观光热点。

这时，秦聪与玉露回来了。

他取过那两张照片，仔细看了一会儿。

整件事，是意气之争。

金瓶笑道：“人为争口气，佛为争炉香。”

玉露说：“我一直想到地中海游览。”

金瓶说：“这张画的真实面积是三乘五寸，自画框割下，卷起，放进筒内，挂在背上，可迅速神不知鬼不觉离去。”

“一分钟内可以解决。”

“从进屋到离去，四十秒够了。”

“直布罗陀讲什么语言？”

“英语，它是一个不愿独立的殖民地。”

“我同你一起出发。”

金瓶忽然说：“第一次没有师傅，独立行动，感觉凄凉。”

她垂下了头。

玉露牵牵嘴角，不出声。

“这次行动，我无事可做。”

“不，玉露，你也一起去观光。”

稍后，海费兹与他们接头，他拨电话到他们房间。

“我有资料放在接待处。”

金瓶说：“玉露，你去拿。”

玉露到大堂取件，海费兹就在一角看报纸，见一少女活泼地取过包裹，他不禁一怔，这就是金瓶的真面目，抑或，只是她的同伴？

他对那声音温婉动人的东方女子有极大好感，即使她真是一个中年女子，他也不介意时时听她说话。

王露拿了一卷录像带上来。

金瓶播放观看。

摄像机把他们带到山上，私家路两边有枣树及橄榄树，一片地中海风情，接着，小型摄像机停留在一间平房门外，门牌上写着奥登堡。

是德裔。

接着，有人打开门，摄像机跟进去。

秦聪问：“有没有发觉镜头位置很低？”

王露答：“偷拍的摄像机配在一个孩子身上。”

说得不错。

接着，小孩走进书房，他们看到了那幅画，完全不设防地挂在墙上。

书房一角，是落地长窗。

秦聪说：“好像任何人走进去都可以轻易把画取走。”

“也许，他们志在必得。”

秦聪微笑，“现在，只有你与我商量了。”

金瓶看着他，内心恻然。

这时，玉露把双肩靠在师兄肩上说："我呢？"

秦聪忽然推开她。

这时，有人敲酒店房门。

秦聪打开门，是一个侍者送飞机票上来。

秦聪笑："只有一张飞机票。"

"不要紧，"金瓶说，"我请客，明早一起走。"

玉露说："真累。"

她取过外套，说要出去逛街。

她出门后，金瓶说："玉露还小，你对她好些。"

秦聪却这样答："一个人若钟爱另一人，就老是觉得他小，长不大，八十岁的母亲还会对五十岁的女儿说：'下雨了，记得带伞，'或是'多穿一件衣服'。"

金瓶不出声。

"可是不喜欢一个人呢，她十七岁你也把她当老妖精。"

"小露是小。"

"你这样的人，人家卖了你，你还帮人家数钱呢。"

金瓶掏出一把带钻石头的削刀，握在手中。

她拉出行李箱，敏捷地在箱子侧面边缘划过去。

整个箱子的侧面应声掉出来。

秦聪说："十三秒。"

"你负责破防盗铃密码，玉露驾车。"

"也许犹太人另有安排。"

"这名大卫的后裔长得十分英俊。"

"羡煞旁人，你在考虑做赌场老板娘抑或咖啡园女主人之余，还可以选择当犹太王后。"

金瓶握紧他的手。

秦聪低头深深吻她手心。

金瓶轻轻说："赚够了钱，我们就结婚。"

"这句话最可怕。"秦聪笑。

"是结婚？"

"不，是赚够钱，什么叫够？"

"我小时候，以为一千元就足够过一生。"

秦聪说："许多大人至今仍然不知一生需用多少钱。"

"师傅能干，从来不省钱。"

"我们是她的生力军嘛。"

"那是应该的，我后悔——"

“过去的事算了。”

金瓶问：“记得在外头打架回来，头破血流，我帮你包扎吗？”

秦聪故意茫然：“有这样的事？”

“还有自摩托车上摔下，跌断手臂，痛得饮泣……”

秦聪笑，“不记得了。”

“你长了胡子，第一个给我看。”金瓶停一停，“真的没有人可以取替你的地位呢。”

“绕了那么大圈子，原来是想告诉我，大块头没有希望。”

金瓶把头靠在他的肩膀上。

她说：“从这次开始，我们收取的费用平均分三份，各自为政。”

“分开住？”

金瓶点点头：“各人留一点私隐，到底不比小时候，一起睡一起吃。”

“你说得对。”

稍后玉露回来，像是非常疲倦，一声不响关上房门。

第二天金瓶一早起来收拾行李，装扮易容。

秦聪送她，“我随后即来。”

金瓶微笑，“穿够衣服。”

海费兹在大堂等她。

金瓶讶异地说：“无需劳驾你，这样简单的任务，我可以胜任。”

他微笑，“我想知道你的真实年龄。”

“足可做你母亲了。”

一路上她不再说话，在飞机舱闭上眼睛假寐，偶然要水喝，发觉海氏目不转睛地看着她。

后来他也累了，取出一本小小旧照片簿看。有一张黑白照，是一家人在客厅中拍摄，背景，正是那幅画。

金瓶暗暗叹口气。

也难怪他一定要报仇。

金瓶伸过手去，轻轻拍拍他肩膀。

海费兹露出感激神色来。

飞机降落，金瓶轻轻说：“相传上古时期，地中海完全封闭在陆地之中，直布罗陀与北非连在一起。”

完全正确。

金瓶看到大厦似碑林般矗立，活脱像香港。

这些年来全世界乱走，真叫她看遍风景。

海费兹说："我们住朋友家。"

金瓶点点头。

海费兹的朋友开车来接，他们住在一个市集楼上，金瓶百感交集。

在西方先进国家，住宅与店铺完全分开，哪有住在杂货店楼上的道理，今日，她像是回到老家。

房间里可以听到市声，不必担心，秦聪神通广大，一定可以找得到她。

小公寓里通信设备精密齐备，海费兹说："我的朋友在法新社工作，他到坦桑几亚度假去了。"

"我向往卡萨布兰卡。"

海费兹看着她说："你可以卸妆啦。"

金瓶愕然："我生成这个样子，没有面具。"

海费兹气结。

金瓶说："休息过后，我们出发巡逻。"

他坐在金瓶对面："奥登堡夫妇每晚九时到十时，必然往市区俱乐部打桥牌。"

"有没有养狗？"

"没有动物。"

"什么样的防盗警钟？"

"十分简单的设备，一惊动门窗，警钟就响起。若连电话线一起剪断，则警局会立刻行动，不过，你一定会比他们快。"他微微笑。

"那么，索性采取最原始的方法好了？"

"我也那么想。"

"干脆像一个寻常小偷那样进屋行窃。"

海费兹忽然咳嗽一声。

金瓶何等明敏，"什么事？"

他有点尴尬。

"请讲。"必定还有额外要求。

"可否在奥登堡家留下侮辱字句。"

"不。"金瓶断然拒绝。

他脸上讪讪的。

“你目的既达，他脸上无光，何必再踏上一脚，不但浪费时间，且十分幼稚。”

海费兹耳朵发热道：“是，你说得对，多谢教训，我终身受惠。”

金瓶忍不住笑。

他们租了脚踏车，踩到半山上去。

金瓶一向做体操，难不倒她，海费兹有点气喘。

他们停在半途向小贩买零食解渴。

金瓶意外看到绿豆刨冰，不禁哎呀一声，她贪婪地吃光一杯。

海费兹凝视她天真吃相，这个女子，绝对不会超过二十一岁。

他们终于看到那间住宅。

金瓶巡过之后说：“晚上再来。”

他们依原路下山。

在公寓里，她接到秦聪电话：“玉露突然急病，我们不能来了。”

“什么病？”

“急性盲肠炎，需动手术，你能否单独行动？”

金瓶立刻回答：“没问题，你们保重。”

她按断电话，抬起头，想了一想，喃喃自语：“没问题。”

太阳落山，她吃过简单的晚餐，看当地的报纸做消遣。

八时整，海费兹开来一辆小货车。

金瓶打扮成摩洛哥妇女那样，穿长袍，蒙脸。

天已黑透，半山可以看到一弯新月。

小时候，金瓶在夜总会门外卖花，有空时抬头看这一弯月亮，一时圆一时缺，非常寂寥。

今夜也一样。

她脱去宽袍，露出紧身黑衣，仍然戴着头罩，走到屋前，德国人已经出去了。

他们开着玄关小小一盏灯照明。

金瓶取出凿子，轻轻一撬，已经开了门锁。

接着，她取出剪刀，一下剪断电话及警钟线，推门进屋。

十秒，她同自己说。

迅速找到那张画，开启小电筒，验过画是真迹，她取出钻石削刀，一手按住画框，像溜冰似削出画布，卷起，放进长胶筒，背在背上。

她同自己说：二十五秒。

三十五秒内可以离开现场。

可是，像一只猫，她寒毛忽然竖起。

她转过身子，想从原路出去，电光石火间，黑暗中她看到书桌后坐着一个人，那人没有在她背后开枪，像是想顾存一点道义，待她转身，他举起手枪，噗一声，开了一枪。

金瓶只觉左边面孔像被蜜蜂蛰了一下。

她知道这已是逃命的时候，不顾一切，撞开书房长窗，连奔带滚逃出去。

那人像是料不到她还有挣扎余地，急追出来。

门口刚有两部开篷跑车经过，收音机开得震天响，车上少男少女喧哗。

金瓶内心澄明，可是脚步踉跄。

这时，其中一辆车里有人伸手出来，把她拖进车厢，忽然加速，一阵烟似离去。

金瓶仰起脸，看到一张熟悉的面孔。

她张开嘴，想说出沈镜华三个字，可是眼前渐渐模糊。

她闭上双目喘气，黑衣全湿，一身血腥气。

但是脑海深底，她仍有些微知觉，刚才一幕，不住缓缓重复放映，怎么会有一个人坐在黑暗中，他专门等她来，那是一个陷阱，主人早已收到风。

他一见她转身就开枪，要置她于死地，为的是一幅画？不像，做他们这一行，纯靠取巧，很少看到枪，少少财物，犯不着伤人。

为什么会有一把枪在等着她？

那人看着她把画割下收好，为何那样大方？

终于，她的大脑完全静止，转往无我境界。

金瓶完全不知道自己会否醒来。

不知过了多久，睁开眼，她看到一只红气球，球上写着“爱你爱在心坎里”，像是某个情人节的剩余物资。

她张开嘴："镜华。"声音嘶哑。

有人握住她的手说："在这里。"

原来一直守候在旁。

她想转头，可是转不动。

"呵，可是已经昏迷了二十年？"

沈镜华的声音很温柔："不，没有那么久，才七十多小时而已。"

"子弹射中哪里？"

"你头脑很清醒。"他有点哽咽，探过脸来，金瓶看到他一脸胡子茬，肿眼泡。

"怎么了？"

他轻轻说："你左边头骨被子弹连壳削去，现在头上填补着一块钛金属。"

啊。

"只差一两个毫米，医生说，便会伤及脑部组织。"

金瓶呆呆看着他。

过很久，她问："你怎么会突然出现？"

"有人向我汇报，有一名枪手，应邀到一间平房去，事先匿藏在书房内，待一个窃贼出现。在他得手之后，才向他脑部开一枪。”

金瓶欠一欠身。

沈镜华接住她。

“金瓶，我辗转知道他们要应付的人是你们三人其中之一，我数次与你联络，可惜不得要领，于是亲自赶到这里来，我在平房守候了三天，你俩都是高手，我竟完全没有发觉你们进屋。”

这时，看护进来，看见他俩喁喁细语，笑着劝：“别太劳累，康复后再山盟海誓未迟。”

待她出去了，金瓶才说：“我从大门进去。”

“我们竟没看守大门！怎会想到你不用后门。”

“多谢你救我一命。”

“拉下面罩才知道是你，我一直以为会是玉露。”

玉露没有同行。

金瓶问：“开枪的不是屋主？”

“他懵然不觉，只知道一张画不翼而飞。”

“那张画呢？”

“在我处。”

金瓶轻轻说：“凶手不在乎那张画。”

“谁派你去取画？那张画市价只值十多万美元。”

金瓶轻轻把大卫之星的事告诉他。

沈镜华顿足：“真笨，一张画或一千张画，失去拉倒，一个人一个民族，只要争气做得更好，忘记过去，努力将来，哪怕给人看不起。”

金瓶说：“没有过去，哪有将来。”

沈镜华说：“这种时候，我不与你争。”

“请把画送到大卫之星去。”

“你肯定不是犹太人设计害你？”

“不，不是他。”金瓶没有怀疑。

“也不是他背后的人？”

“我有第六感。”

沈镜华重重叹口气：“那么，你精灵的直觉可否告诉我，是谁削去你半边脑袋？”

金瓶闭上眼睛不出声，一次失手，就遭人耻笑。

“我立刻叫人替你把画送去。”

他出去了，开门之际，金瓶听到走廊里有人说英语。

看护的脚步声传进来。

金瓶睁开双眼。

“你的未婚夫对你真好。”看护声音怪艳羡，“衣不解带那般服侍你。”

未婚夫？他以那样的身份自居？

金瓶低声问：“我在什么地方？”

“小姐，你在伦敦圣保禄医院。”

金瓶大为讶异：“我如何来到这里？”

“乘私人救伤飞机赶到。”

原来沈镜华真的是她救命恩人。

“你是一位幸运的女人。”

金瓶轻轻说：“我想我是。我可否照镜子？”

“我扶你起来。”

金瓶只觉得头像有铁桶罩住一般重，她看到镜子里，满头裹着纱布，左脸颊狰狞地歪到一边，她看上去像个怪人。

金瓶没有尖叫痛哭，她轻轻走回床边，有点不知所措，终于默默坐在安乐椅上。

“你静待康复，一个人的相貌其实不重要。不过，如果真的令你不安，我们有极高明的矫形医生。”

金瓶不出声。

师傅一去，她整个世界瓦解，到这个时候，她才知道师傅的力量。

自小到大，金瓶虽然一无所有，但她有美貌，这是极珍贵的天赋，她的面孔、体态令人产生极大好感，因此生活上增加许多便利。

如今连这一点本钱也失去了。

一张黑色的雾网把她罩住，她浑身战栗，四肢蜷缩起来。

她见过哀老的丐妇，一辈子上不了岸，既丑又脏，在人潮中拉拉扯扯，希望摸到一只、半只钱包。

这会是她吗?

那枪手应该瞄得准一点，子弹最好穿过她的太阳穴。

医生进来，帮她注射。

他告诉她：“尚有液体积聚，需要再做手术疏通。”

她轻轻问："我会否完全康复？"

"你身受重伤，能够生还已是奇迹，且头脑清醒，四肢又没有麻痹，实属万幸，小姐，请你振作起来。"

"我右边关节有不能形容的痛楚。"

沈镜华一直站在门边静静聆听。

医生说："我们会帮你诊治。"

他与沈镜华轻轻说了几句话离去。

沈镜华说："起来了？我们玩二十一点。"

金瓶笑笑，"谁敢同你赌。"

"你。"他取出牌来。

"为什么对我这样好？"

他神乎其技地洗起牌来，那副纸牌像是黏在手里似的。

然后，他这样回答："我爱的人，爱足一世。"

金瓶说不出话来，只觉得他有意思。

半晌，她问："不必去看牢生意吗？"

他笑笑，"那是晚上的事。"

他每人发了两张牌。

“我先掀开。”一翻，果然是二十一点。

金瓶打开牌，也是二十一点，两人手法都像玩魔术一般。

一连好几次，不分胜负，都是二十一点，棋逢对手。

沈镜华十分欣喜：“你的手腕如昔，值得高兴。”

金瓶谦说：“哪里哪里，彼此彼此，你也不差。”

他把纸牌推到一旁。

他这样恳求：“请振作起来。”

金瓶轻轻说：“求生是我的强项。”

“那我就放心了。”

“我想与师弟妹联络。”

“现在不是时候，容许我暂时孤立你，康复后再与亲友接头。”

金瓶点点头。

“我会做两件事：一、把凶手揪出来；二、待你恢复健康。”

金瓶点点头。

他取出小小录音机放在桌上。

海费兹焦急声音："我想知道金瓶的下落。"

"她安全无恙，你请放心。"

他好似略为心安："那么，让我与她说几句话。"

"适当时刻，她会同你联络，请验货签收。"

过了一会，他说："是，是这张画，啊，这是酬劳。"

录音停止。

沈镜华问："这位海费兹，同小提琴大师海费兹有亲属关系吗？"

金瓶答："我没有问。"

他握住她的手说："这是我唯一可以完全拥有你的日子，真需好好珍惜。"

他把一张银行本票及一只小小透明塑料袋放在她面前。

金瓶说："这笔款子请分三份。"

"为什么是三份，我只见你一人出生入死。"

"你也有兄弟手足。"

沈镜华点点头。

金瓶取起塑料袋："这是什么，好像是头发。"

“正是齐础教授的头发。金瓶，你随时可以拿到任何一间实验室去检验基因，证实你与他的血缘关系。”

金瓶震惊。

“不要怕烦，推倒的砖块可以逐块捡起，重组、巩固，一定比从前更加牢靠。”

金瓶忽然微笑称赞：“作为一个赌场老板，你真正不差。”

他一声不响，伏在她腿上。

同门

伍·

知道他人有多么憎恨你，
真是可怕的事。

金瓶在医院里多待了一个月。

他悉心照顾她，她的容貌体力都恢复到七成以上，只是关节痛得不能忍受，仍需特殊药物压抑。

金瓶随时可以出院了。

一日，他们照旧在房间玩二十一点。

护士看得呆了，“一副牌总共只有四张爱司[1]，怎么我看到了十张，还有，葵花皇牌出现了三次。”

沈镜华笑说：“你眼花。”

护士摇着头出去。

---

[1] 在多数牌戏中常作赢牌使用的A纸牌，一点的纸牌，或西洋骨牌中的幺点骨牌。

“可以出院了。”

金瓶问：“去何处？”

“我替你准备了一间小小公寓。”

“我想与秦聪见面。”

“可否先接受我的安排？”

“镜华，你若治好了一只隼，它双翼可以活动了，你就该放它飞回沙漠。”

他急忙说：“请相信我，我不是一个自私的人，先待我追查到凶手及主谋。”

金瓶看着他说：“对不起，是我多心了。”

他陪她出院。

沈氏用保镖，保护严密。公寓在他的地头，是最危险也是最安全的地方。

有好几个月，她足不出户，待在公寓内读报看书，静寂的黄昏，可以听到楼下赌场准备营业打扫梯间的声音。

经过多次修整，左面颊已恢复旧观，假耳壳可乱真，头发也已长回，但最难受的是右边身体因脑部受创引起的剧痛，往往叫她寸步难移。

一日，镜华轻轻坐在她身边，点燃一根线香，味道甜且辣，片刻，她痛不欲生的肢体忽然能够松弛。

金瓶吁出一口气，镜华替她抹去额上的冷汗，把她扶起来。

他轻轻说：“药物无灵，只得用这个了。”

金瓶点点头，闭上眼睛，深深呼吸。

她明白了。

她知道一直以来，师傅用的，正是这个。

既然可以帮她挽回一点点尊严，也只得这样选择。

线香烧完，她已可以站起来。

“想不想出去走走？”

她点点头。

“想去哪里？这样吧，我们到街市逛逛，那里充满生机，民以食为天嘛。”

傍晚正是街市最忙碌的时刻，人来人往，抢购新鲜食物，为家人煮一顿可口食物。

镜华说：“你真要很爱一个人，才会天天为他做菜煮饭。”

金瓶最喜欢水果及蔬菜摊子，最讨厌肉食档。

然后，他们在附近的小茶室喝下午茶。

“我想与师弟妹接触，这一段日子，我生死未卜，他们一定很焦虑。”

镜华点点头道：“也是时候了。”

金瓶看着他说：“什么时候？”

他脸色忽然转为肃杀，“来，我们去探访一位朋友。”

金瓶微笑，“朋友，什么朋友？”

他的保镖迎上来，他在他耳边说了几句话。

没多久，司机把车子驶过来。

“趁你精神好，我们去见他。”

金瓶不再问问题，她跟着车子出发。

车子往郊外驶去，渐渐没有人迹，终于，他们停在一座庞大的建筑物前。

金瓶一看，呆住：“这是一座监狱！”

“不错。”

铁灰色高耸围墙，大门深锁，看上去阴森可怖。

“你的朋友住在这里？”

“是，他因串通劫狱被捕。”

“劫谁的狱？”金瓶极端好奇。

隐约间她觉得这个人与她有关。

“他做了一件案，得到一笔酬劳，用来部署劫狱。他成功地使他爱人恢复自由，但是就在同一个晚上，那女子投向另一个男人的怀抱。”

“啊”。

“他愤而报案，现在，她回到狱中，他也是。”

金瓶纳罕：“竟有这样大情大性的人。”

这时，保镖下车敲门。

金瓶轻轻说：“无情的女子，碰见一个有情男子。”

“但，如果他真的爱她，也应该成全她，到了最后他还是替自己不值。”

“那女子犯什么事？”

“贩毒。”

监狱小小的侧门打开，保镖过来说：“可以进去了。”

沈镜华握着金瓶的手：“跟我来。”

他一声不响，两个人跟着制服人员，走过许多可怕黑暗的通道，那些墙壁，像是会发出怨毒的呻吟声来。

金瓶浑身寒毛竖起。

一切像是早已安排妥当，他们到一间小房间内坐下。

不久，另一扇门打开，一个人随着狱卒缓缓走进来，坐在他们对面。

他低着头，金瓶一时看不清他的容貌。

但是，她觉得她见过这个人。

沈镜华用中文说："你把事情讲一讲。"

那人声音极低："别忘记你的允诺。"

"你放心，一、你在狱中会安全无恙；二、那件事，不再追究。"

"谢谢你们。那么，这位小姐，请你听好了。"

金瓶一动不动，凝神看着坐在她对面的陌生男子。

他静静地说："三个月前的一个晚上，有人要找枪手去做一件案。"

沈镜华催他："我们只得十分钟时间，说话少吞吐。"

"任务是于某日某时到直布罗陀一间民居去射杀一

个人。”

金瓶一听，背脊生出寒意。

“是屋主吗？不是，是一个窃贼，她进屋目的，是为一幅画，待她得手之后，射杀她，装成两派相争的样子。”

他停了一停，“有人需要钱，立刻答应了。枪手在平房里守候，开了一枪，那人很机灵，闪避及时，没有即时倒地，追到街上，她被人救走。”

金瓶手足冰冷。

“从头到尾，没人知道目标是谁。”

金瓶忽然轻轻问：“谁是接洽人？”

“是一个非常年轻的女子，她的声音中充满仇恨。”

金瓶抬起头来，看着那男子：“你肯定？”

刹那间他看到了她的双眼，他把她认出来了，“是你！”他低呼，“你活下来了。”

金瓶也认得他的眼睛，因为当晚，电光石火间，他双目露出过惋惜的神情来。

“不会认错，主使人面目姣好，是一个少女。”

这时，狱卒高声说：“时间到了。”

金瓶问："为什么？"

那人答："我不知道因由。"

他迅速被狱卒带走。

金瓶垂头喘气。

沈镜华扶起她离去。

金瓶的胸膛像是要炸开来，走到门口，只觉头晕脚软。

监狱门又合拢，像一只怪兽，张过嘴，又合拢了嘴，撬也撬不开。

他们上了车。

金瓶默默垂着头不出声。

沈镜华斟一杯酒给她。

他低声说："枪手因为等钱急用，告诉主使人，任务已顺利完成，所以，再也无人追究你的下落。"

"不，秦聪一定会找我，我三番两次想联络他，可是你的公寓接不通电话。"

"我是故意的，为了安全，只能变相禁锢你。"

"我非与秦聪联络不可。"

"我还有一件事要向你披露。"

金瓶看着他。

还有?

金瓶用手掩着脸。

她四肢僵硬，不知怎样，回到公寓里。

沈镜华叫她：“过来，我托人在巴黎拍了这片段回来。”

金瓶这时变得镇定，她来到他身边，看他播放录像。

虽然属于偷拍，影片质素极佳。

摄像机尾随一对男女进入一间店铺，店名叫“以玫瑰之名”。金瓶太熟悉这家小店了，它专门出售玫瑰香氛的沐浴产品，金瓶以前常常去。

那一对男女转过头来，原来正是秦聪与玉露。

他们态度亲昵，像一对夫妇，他替她挑选香皂。

有人问售货员：“今日几号？”

售货员答：“先生，是四月七号。”

日子是一星期前。

那人说声谢，镜头挪开一点，可以看到玉露隆起的腹部。

她已怀孕，且已超过五个月。

片段中止。

沈镜华说：“秦聪并非局外人。”

金瓶默不作声。

“你不是想脱离师门吗？你成功了。”

金瓶心已死，脸色灰败，她再也不表示激动。

过了很久，她问：“为什么？”

“金钱。”

“师傅没剩下钱。”

“谁说的？”

“律师。”

“你师傅对金钱完全没有概念，她生前曾嘱秦聪购买证券，多年来不是小数目。”

“在什么地方？我从没见过。”

“她把证券随意放在抽屉里。”

“我没有留意。”

“你心中没有那件事，眼睛就不会看得见，证券放在一张用玻璃砌成的梳妆台抽屉里。”

是，是有那样一张梳妆台。

“现在，都归到秦聪手中。”

金瓶沉默很久，终于说："我们三人一起长大，相亲相爱。"

"人会长大。"

"我仍然深爱他们。"

"他们一早就背叛你。"

"但，也不至于要取我贱命。"

"知道他人有多么憎恨你，真是可怕的事。"

金瓶说："她想得到秦聪，秦聪想得到遗产，只需说一声，我不会争。"

"这话，只有我一个人相信。"

"我会伤心，但是现在，整个胸膛被掏空。"

"我可以为你做什么？"

金瓶摇摇头："随他们去。"

镜华重复："随他们去？"

"镜华，你为什么知道那么多？"

"为着你的缘故，我已变成侦探。"

金瓶一言不发，回到寝室，熄灯。

一整个晚上，沈镜华守在门外，怕她哭泣，或是惊醒，但是金瓶睡得很好，呼吸均匀，似毫无心事。

他并没有完全放心，他怕她压抑过度，反而影响情绪。

天还是亮了。

无论当事人心情如何，太阳还是照样升起来。

金瓶转一个身。

镜华握住她的手。

她睁开双眼，像是要经过片刻才认得他是谁："你没有回家休息？"

他微笑："有没有做梦？"

"有。"金瓶说，"梦见自己在戏院门口徘徊等人，忽然看见一个赤脚小女孩向我兜售鲜花，我想为她整束买下，可是却忘记带钱……"

"那只是一个梦，醒了有我陪着你，一切无恙。"

金瓶轻轻说："早上尚未漱口，口气难闻。"

"是吗，我不觉得。也许，我俩到结婚的时候了。"

金瓶轻轻抚摸他的面孔。

"我随时可以结束生意，让我们躲到一个不为人知的地方去度过余生。"

金瓶微笑，“多谢你的邀请。”

她沉默地看着窗外鱼肚白的天空。

“在想什么？”

“我真想不明白，一起起居饮食，一同长大，怎么会短短时间，他就像变了一个人。”

声音里只有遗憾，却一点怨恨也无，真叫人不安。

“有一个叫岑宝生的人，找你多次。”

“呵，他是师傅的好朋友。”

他忽然说：“我会成为你终生好友吗？如果会，未免太悲哀了。”

“我要起来了。”金瓶同她自己肯定地说，“镜华，多谢你照顾，我暂时不能接受你的邀请，我还有一点事要做。”

“你要到什么地方去？你想做什么，我可以帮你。”

“我会无恙，你无需担心。”

“你的头——”

“我已配备金刚不坏之身，你请放心。”

“齐天大圣在这世上生活也需资本，我替你存一笔钱到身边。”

金瓶嫣然一笑，“你对我真好。”

沈镜华把一张纸交给她，上面写着一个长岛的地址和电话，“他们住在那里已有一段时间，省得你花时间找。”

金瓶与他拥抱一下。

“小心。”

到了长岛，金瓶才知道证券可以那么值钱。

他们住在一间近海的中型屋子里，雇着两个用人，用欧洲房车，排场、派头，同师傅生前十分相像。

金瓶在他们对面看到招租牌子。

房屋经纪说：“这一地段本来很少出租，最近许多移民静极思动，决定回流，又不舍得将房子出售，故此出租。”

金瓶与经纪人订了一年租约。

屋内已有简单家具，金瓶买了日用品便搬进去住。

第二天一早便有人敲门送来一盒礼物：“沈先生叫我来。”他真是神通广大。

盒子里有镇痛的线香，金瓶如获至宝。

她化装成一个中年妇女，染发时才发觉右边鬓角已有一撮白发。她呆呆地看着镜子，良久不动。

白发在什么时候悄悄生出来？不知不觉，自手术之后，她像是老了二十多年。

也许，不需易容，人家也不能把她认出来。

但是她还是化了老装。

受伤之后，少运动，她反而胖一点，很容易扮成为另外一个人。

黄昏，金瓶看见他陪她出前园散步。

玉露衣着时髦，打扮得极为漂亮，头发剪短烫曲，贴在头上，精致五官更加显凸。她搽玫瑰色口红，穿黑色紧身衣裤，外罩大衬衫，并不遮掩大肚，十分坦率。

金瓶没想到玉露如此开心。

她一脸从容，这个时候，如果她对金瓶说："师姐，你回来了，真好，我想你想得不得了。"金瓶真会相信。

玉露一向擅掩饰工夫。

在最最出人意料的时候，她会天真地笑出来，用那甜美的笑容掩盖一切。

金瓶记得好几次犯错，师傅正在严加责备，玉露忽然笑起来，连师傅这样的老手都忍不住叹口气："笑，有什么好笑？"但终于也不再追究。

千万不要被这无邪的笑容蒙蔽。

金瓶现在懂得了。

比起玉露的丰硕亮丽，金瓶只觉自己憔悴苍老。

接着秦聪出来了，看着园丁种花。

金瓶在对街看着他，他丝毫没有警惕，像是已经忘记他有敌人。

园丁种植的地衣叫石南，淡紫色，不香，也不壮观，金瓶却喜欢它。

秦聪曾经问："这花不好看，又无味，为什么种它？"

金瓶当时没有解释，她喜欢石南在大石缝中生长遮住丑陋黄土的功能。

没想到今日他也在园子种这种默默低调的花。

是打算在此永久居住吗？

终于，他看到对面也有人在园子里种花。

他伸手打了一个招呼。

金瓶放下花苗，也招了招手。

他回转屋内去了，并没有把她认出来。

秦聪竟然不认得金瓶。

金瓶嘿嘿地笑出来，笑声可怕，似狼嗥，她连忙掩住了自己的嘴。

无比的荒凉袭上她的心头，她低下头，受创后第一次落泪，连她自己都诧异了。急急伸手抹去泪迹，怎么居然还会哭。

忽然听见有人对她说："这个时候不适合种玫瑰。"

原来是邻居老太太，好奇地走过来做免费指导。

"你好，我姓兰加拉，你是什么太太？"

"我姓张。"

"你也是华人吧，同对面的王先生王太太一样。"

"对面人家姓王？"

"是，你可有见过他们？一定认得，真是漂亮的一对，承继了一大笔遗产，搬到这里来住。太太快要生了，照过B超，已知道是女胎。"

"那多好。"

短短几句话，无意中已将历史交代清楚，没想到他们全无一点顾忌。

“王先生告了长假，日夜陪伴妻子，真是恩爱。我做了香蕉面包送过去，他们很爱吃。张太太，你喜欢吃吗？我也给你做。你丈夫呢？他做何种职业，你可是移民？”

金瓶笑笑，不出声，回转屋内，关上门。

电话铃响了，她一看来电显示，见是夏威夷群岛打来，一阵欢喜，连忙去听。

“金瓶，为什么到今日才与我联络，牵记极了，是否发生过意外？”

“我车祸受了重伤留医。”

他惊骇得说不出话来。

金瓶笑道：“如果我不见一条腿或是两只手，你会否离弃我？”

金瓶听见他深呼吸的声音。

“我四肢健全，不过，头部受伤，做过矫形手术，现在漂亮得多了。”

他松一口气，一时间仍然说不出话来。

金瓶同他说："在适当时候，我会来探访你。"

"我给你传真图文过来。"

不多久，图片收到，原来是师傅的墓地，小小一块平地的石碑，上面刻着 CL 两个字，连年月日都不落俗套地省下了。

在时间无边无涯的荒原里，短短八十年或是四十年，有什么分别？

她看过图片，用切纸机切碎。

金瓶点燃线香，闭目沉思。

黄昏，她去市集买水果，意外碰见他们两个人。

玉露双手捧着榴梿，大喜过望地叫："聪，聪，看我找到什么？"

秦聪转过头去，低声说："王太太，别扰攘。"

金瓶就站在果汁摊后边，距离他们不过十寸八寸，可是，他们就是看不见她。

金瓶想到她读过的鬼故事：一个人横死，他自己不知道，幽灵四处探访亲友，人家看不见他。他不明白：

喂，为什么不理睬我？

金瓶摸摸自己手臂，难道，她已变成了游魂而不自觉。

终于，他们走开到另一角落。

售货员同金瓶说：“一共七元六角。”

还好，有人看得到她。

她付了账离去。

这时，玉露愉快地转过身子来，把手伸进秦聪臂弯道：“今天满载而归。”

秦聪神色有异，强作镇定。

玉露诧异：“聪，什么事？”

“我看见了她。”他战栗。

“谁，你看见了谁？”

“我看见金瓶。”

玉露一听，面孔即时变色，她放下那一篮精心挑选的水果，与秦聪匆匆离开市集。

他们上车。

“你在哪里看见她？”

“就在店里。”

“她穿什么衣服，怎样打扮？”玉露紧张。

“我只看到她的眼睛，亮晶晶看穿我的背脊，像是要在我身上烧一个洞。”

他痛苦地用双手掩住面孔。

玉露哼一声：“你不止一次看见她的眼睛，每晚她都会在你梦中出现。”

“不，我肯定刚才见到她。”

“为什么不与她打招呼？”玉露语气十分讽刺。

秦聪不再说话，他自身边取出一只扁瓶，打开瓶塞就喝。

英俊的五官有点扭曲，他顿时憔悴委顿，一脸悔意。

玉露把车驶出停车场，斑马线上有行人走过，她刹住车子。

秦聪忽然低呼：“是她，是她！”

他伸手指着斑马线上一个女子。

玉露吓一大跳，定睛一看，是一个年轻白皙、梳髻的女子，但绝对不是金瓶。

那女子向车内的他们看一眼，牵着狗走过去了。

秦聪犹自喃喃说："是她，是金瓶。"

王露厌恶地说："对你来讲，她真是无处不在。"

回到家，她一个人蹬蹬蹬走进屋内，气鼓鼓坐在客厅看海，等秦聪来哄她回心转意。

等了半晌，她气消了一半，秦聪还未出现。她走进书房，发觉他躺在安乐椅里，身边全是酒瓶，他已昏昏欲睡。

"秦聪，醒醒。"

才下午三时，已经醉得不省人事，剩下的时间，让她一个人呆呆地发闷，这是最残酷的惩罚。

她终于得到了他，是真的吗？这一具躯壳，叫她感慨。

"聪，聪。"她再叫他，一边用手用力推。

他翻身，索性跌在地下，打一个滚，发出鼻鼾，睡得不知多香甜，他根本不愿清醒，随便在何处昏迷都一样高兴。

玻璃茶几上还有剩下的白色不知名药丸，都可以帮他速速进入无我境界。

玉露狠狠地踢他一脚，用力过度，她自己差点滑倒，连忙扶住墙壁，已经吓出一身冷汗。

她喘了几口气，站定，忽然觉得有人在背后盯着她看，这是一种很奇怪的感觉，叫她寒毛竖起。

她转过头去低喝："谁？"

"是我，王太太。"

原来是司机站在书房门口。

"太太，油站单子请结一结账，还有，上两个星期的薪水——"

玉露扬一扬手道："马上付给你。"

"太太，还有马利与康泰莎的薪酬。"

玉露说："跟我到楼上拿。"

"是，太太。"

她走进寝室，拉开梳妆台抽屉，取出厚厚一叠现款，数清楚了付给工人。

加上日常开销，所剩无几。

用人递上各种账单："王太太，都是最后通知，不付要剪线了。"

玉露索性把手上余款也递给她："你到银行去一趟吧。"

"是太太。"用人欲言还休。

"还有什么事？"

"太太，你得准备婴儿用品了。"

玉露发呆，半晌才说："多谢你关心。"

"还有定期检查。"

"我知道，你出去吧。"

玉露疲倦地坐在床沿。

抽屉已经空了。

第二天一早，她到银行去提取现款。

柜位员同她说："王太太，账上存款不足。"

"什么？"她愕然。

"账上只剩三百多。你看，王先生上星期分三次取走了所有现金。"

玉露定定神道："呵，我一时忘记了，不好意思。"

她转身离去，孕妇，脚步有点蹒跚，碰到其他顾客，人家反而要向她道歉。

回到车上，她把自那些人身上取得的银包逐个打开检查。

真要命，北美洲居民全无携带现金的习惯，五六个钱包里头只得三两百元。

玉露气馁得说不出话来。

回到家，下车，忽然脚软，几乎跪倒在地。

有一双突如其来的手臂扶住她。

“你没事吧，喝杯热茶。”

玉露觉得那声音亲切，见一杯热茶递过来，不禁就势喝了一口，原来是西洋参茶。

她抬起头，看到一个中年太太和蔼亲切的笑容。

“我姓张，是你们对邻。”

玉露在阶前坐下，点头道谢。

这时，用人自屋内出来扶起她进屋去。

秦聪已经醒来，在看报纸。

玉露冷冷问：“钱都用到什么地方去了？”

秦聪抬起头来，十分诧异：“钱，你同我说钱？”

“是，账户都掏空了。”

“从来没有人嫌我花得多，师傅没有，金瓶也没有，我一向如此，你又不是不知。”

“今日不同往时。”

“可是穷了？”他揶揄，“抑或，你不懂生财？”

“秦聪，你取走了七位数字。”

秦聪瞪着她：“你胡说什么？”

“你那些白色药丸这么贵？留点给下一代好不好？”

秦聪忽然大笑起来，他笑得连眼泪都流出来，他指着玉露说：“你的口吻像小老太婆。啊啊，孩子要吃饭，哈哈哈哈。”

玉露掩住嘴，他说得对，她怎么会讲出这样的话来。

手一松，她怀中的各类钱包落在地上。

秦聪看到，难以置信地问她：“你在街上做扒手？你逐只荷包去偷？真好笑，师傅与金瓶一去，你我竟沦落到这种地步。”

他进一步逼视玉露，“抑或，你根本就是一个小窃贼，贼性难改，哈哈哈哈哈。”

玉露握紧拳头。

秦聪笑着走到地下室去打桌球。

这时，愤怒的玉露忽然觉得有人在背后冷冷看她。

“谁？”

她霍地转过头去。

身后一个人也没有。

是有一双眼睛，秦聪说得对，是金瓶的眼，玉露背脊顿生寒意。

用人闻声出来：“太太，你叫我？”

“没有事。”玉露精神恍惚。

“太太，你可要看医生？”

玉露坐下来。

不可能，她已彻底除掉金瓶，从此，金瓶再也不能把她比下去，秦聪属于她，师傅的遗产也属于她。

第二天，她到另一家银行去提款。

银行经理走出来，“王太太，王先生在上周结束账户，你不知道吗？”

“存款呢？”

“他已嘱我汇到香港的汇丰银行。”

玉露呆木地站在大堂。

“王太太，你不舒适？请过来这边坐下。”

玉露忽然觉得一片混沌，前边有一个穿白衬衫、牛仔裤的妙龄女经过，她奋力冲上前拉住人家手臂，“是你！”

那女郎转过头来，一脸讶异。

不，不是金瓶。

经理过来：“王太太，可是有问题？是否要报警？”

玉露站起来，红了双眼，她冲出银行大堂，赶回家去。

途人看到一个孕妇像蛮牛般横冲直撞，只得敬畏地让路，玉露立刻驾车回家。

用人都聚在厨房喝下午茶看新闻。

见到她站起来，“太太可有觉得地震？刚才天摇地动，震中在新泽西。”

立刻斟一杯热可可给她。

玉露强自镇定，“王先生呢？”

“他在书房。”

玉露走进书房，看见秦聪躺在长沙发上看电视新闻：“六级地震震撼东岸，幸而损毁不重……”

听见脚步声，他说：“原来震动之前，地皮会发出巨响，像一列火车经过，接着，屋子开始摇晃，床不住颤抖，将我抛在地上。”

玉露过去揪住他喊：“钱呢？”

他讶异地看着她，“你沿途没有看到意外事件？你怎么口口声声就是说钱？”

“你五鬼运财，你把钱弄到什么地方去了？”

他推开她，“我不知道你说些什么。”

“银行说你已把钱全部提走？”

他冷笑一声，站起来，斟一杯酒道：“也难怪你在师傅眼中没有地位，请看看你尊容，心急慌忙，唇焦舌燥地满口钱钱钱，换了是金瓶，一、会验明提款单上签名真伪；二、设法查看银行录像片段，看提款人到底是谁。”

玉露怔住，冷汗自背脊淌下。

“三、她会知道，秦聪若提走所有现款，他不会呆坐家里看电视。”

玉露这时也看出了破绽。

“还有，金瓶不会头一个就怀疑秦聪。”他感慨万千。

这个时候，他想到金瓶种种好处来。

玉露将脸埋在手中。

“那一点点钱，不过够付用人薪水、水电煤费，我要来有什么作为？我认识金瓶那么久，她从来没提过一个钱字，你应该学习。”

玉露呆呆坐在一角。

他一声不响出去了。

把吉普车驶到路口，看见一辆小轿车前轮陷进路沟，驶不出来，司机是一中年太太，束手无策。

他下车来，“需要帮忙吗？”

她急急说：“所有紧急电话都打不通，我站在这里足足二十分钟。”

“不怕，我有办法。”

他自后车厢取出尼龙绳，一头绑在轿车头，另一头绑吉普车车尾，轻轻一拖，中年太太的车子重新回到路上。

“谢谢你。”

秦聪把绳子收起来，“你可感到地震？”

“就是有，心一慌，车子失控，滑落沟中。”

秦聪想一想：“这位太太是我家对邻吧。”

“是。”她微笑，“我姓张。”

“张太太，你小心，如无急事，还是立刻回家的好。”

张太太忽然问：“那你呢？”

“我？”秦聪耸耸肩，“我四处看看。”

他回到车上，把车驶走。

再次面对面，这次更近，他都没把她认出来。

金瓶悲哀地想，他的心中果然没有她，说什么都想不起来。

她知道她的样子变了，康复途中，丢弃许多旧时习性，容貌也随娇形改变。

但是至少他该认识她的眼睛。

他一向最喜欢轻轻抚摸她的眉与眼。

她待了一会，把车驶回头。

是，提走所有款项的人正是金瓶。

对她来说，查到他俩的银行账户号码，扮秦聪，冒签名，都轻而易举。

她深知玉露小心眼，发现存款消失，一定心慌意乱，换了是她，也会阵脚大乱。就快生养，全无生计，家里男人又有不良嗜好。

玉露根本没有持家经验，这半年来只看见一沓沓账单以及一个魂不附体的男人，不由她不心怯。

钱不见了，钱去了何处？

玉露团团转。

金瓶在对面可以清晰地看见她在客厅里摔东西。

金瓶摇摇头，师傅宠坏了她，玉露早已忘记孤儿院里的艰难岁月。

金瓶静坐下来看书，她手中拿着《呼啸山庄》。

有人按铃。

她去开门。

门外站着玉露，面肿眼红，她哭过了。

奇怪，左看右看，怎么都不像一个买凶杀害同门师姐的坏人。

但是，师傅时时告诫他们：人不可以貌相，行走江湖，最需要提防三种人：美貌女子、小孩，以及老人，看上去越无辜越是厉害。

她问："王太太，有什么事？"

"上次多谢你的参茶。"

玉露手上提着一篮水果。

"还有呢，请进来坐。"

她果然找上门来了，以为是陌生人，多说几句没有关系，话憋在心里太久，不吐不快。

金瓶斟出一杯参茶，玉露一口气喝下。

金瓶看着师妹微微笑。

也许，师妹从头到尾都没有好好看清楚过她，玉露只知金瓶是她的假想敌，打倒金瓶，她就可以做第一号，其他一概不理。

玉露忽然说："这屋里有一股辛辣的香气。"

"呵，是我点燃的檀香。"

"从前，我一个亲戚也点这种香。"她说的是师傅吧。

金瓶心中叹息，粗心的玉露，檀香平和，哪有这样迷惑。

玉露说："张太太，你家居真简洁。"

金瓶又笑笑。

"我就快生养了，有点害怕。"玉露说出心事。

"今日医学进步，生育是平常事。"

"没有长辈照顾，我又无经验。"

"王太太，你有丈夫在身边，又有好几个用人，比起我是好多了。"

玉露却仍然问："万一有什么事，我可否到你家按铃？"

金瓶微微笑，"当然可以，邻居应当守望相助。"

这时，胎儿忽然蠕动一下，隔着衣服，都清晰可见。

"是女婴吗？"

"你怎么知道？有经验到底不一样。"

金瓶取出糕点招待。

玉露说："张太太，与你聊几句舒服多了。"

"有空常常过来。"

她送她到门口。

玉露犹疑一下说："你这里真亲切。"

金瓶看到师妹眼睛里去，“是吗？那多好。”

关上门，金瓶把客人喝剩的茶倒掉，洗净杯子。

茶里有什么？呵，不过是一种令人精神略为恍惚的药粉。

金瓶重新拾起书细阅。

那天晚上，秦聪满身酒气回到屋里。

他真怕有人通宵在等他回来算账。

到睡房一看，只见玉露脸色苍白，一身是汗，躲在墙角颤抖。

秦聪讶异地说：“钱不见了，也不需怕得这样。”

“不，我看见了她。”

“谁？”

“金瓶，金瓶在这间屋里，我听见她的呼吸，看见她的身影。”

秦聪忽然对金瓶无限依恋，他说：“那么，请她出来说话。”

玉露惊问：“那可是她的精魂？”

“她还是同从前一般清丽幽静吗？是否不说一句话，

有无轻轻握住你的手？”

声音中无限缱绻，终于，变成呜咽。

这时，有辆黑色房车在他们对邻停住。

一个黑衣人下了车，司机立刻把车开走，大门打开，他走进去，门又关上。

屋主人说：“真高兴见到你。”

客人轻轻拥抱她：“不是亲眼见到你，真不放心。”

他走到窗前，看到对街去。

对面的小洋房地势比较高，晚上，开了灯，室内大致可以看得清楚。

这时，屋里口开着几盏小灯，不见有人。

“他们就住面？”

“是，就这么近。”

“听你说，你见过他们？”

“仍然金童玉女模样，玉露越来越会装扮。”

“看上去也愈发似你，很明显，她一直想做你。”

“为什么要做我？同门三人，大可相亲相爱。世上多的是资源，取之不尽，大把异性，可供挑选，她的世界何其狭窄。”

“今日我在飞机场，看到一个美貌洋女穿一件 T 恤，上边写着‘太多男人，太少时间’，态度轻佻但是正确。”他俩一直站在窗前。

不久，二楼寝室出现了两个人影。

那个高大的是男子，忽然伸手去推开女子。

“他们在争吵。”

“每天如此。”

“两个人并不相爱。”

“你说得对。”

“为什么还在一起？”

“他们不认识其他人，生活圈子只有那么大，除此之外，只有酒吧里的陌生人。秦聪最常见的人，是一个叫哈罗的小毒贩。”

“你都知道。”

“我曾跟他一天，他浑然不觉，师傅教的工夫，全丢在脑后。回程我故意把车子驶下沟，他还帮我拖车，完全不提防任何人，他是放弃了。”

黑衣客人转过身子来，他正是沈镜华："你呢，金瓶，你的世界又有多大？你还打算花多少时间住在这间小屋里，盯着对邻一举一动？"

金瓶听了，毫不生气，她就是这点聪敏：知彼知己，愿意接受忠告。

"你说得对，我该走了。"

沈镜华有意外惊喜："金瓶，你不愧是聪明人。"

金瓶微微笑。

是，她要做的已经完全办妥，她已撒下腐败的种子。

"几时走，就今晚好不好？"

今晚，明晚，没有分别。

"越快越好，金瓶，但愿你永远放弃复仇的想法。"

金瓶轻轻说："我明白。"

"我真替你高兴。"

金瓶说："待我去收拾一下。"

"我在楼下等你。"

金瓶所有的身外物，可放进一只旅行袋里，拎了就走，真正难以想象，她竟这样生活了整个月，是重新开始的时候了。

她摸一摸空白的墙壁，“我要走了。”她轻轻说。

她拎了行李下楼，沈镜华诧异地说：“你没有转妆？”

金瓶轻轻说：“做中年人无拘无束，真正舒服，我不想转回原形。”

沈镜华忽然指一指对面，“看！”

只见对面平房灯光全部亮起，用人都已起来，人形晃动。

“出了事。”

这么快，如此经不起考验。

大门打开，一个女佣惊慌失措站在门口，像是等什么，接着，警车与救护车的尖叫响起，渐渐接近。

金瓶很沉着。

沈镜华握住她的手。

他低声说：“不要动。”

这时，有其他好事的邻居打开门出来张望。

金瓶轻轻说：“我们若不出去看看，反而受到嫌疑。”

镜华点点头。

金瓶去打开门，也张望一下。

只见穿睡袍的邻居议论纷纷，警车已经赶到。

“警察，让开。”

饮泣的女佣大声说：“杀了人，她杀了他。”

沈镜华见惯大场面，可是到了这个时候，也不禁有点寒意。

他略一犹疑，看一看身边人。

只见金瓶凝视对门，一双眼睛在黑暗中闪出晶光来。她脸上一点表情也没有，似尊石像，你可以说她全神贯注地在看一场球赛，也可以说是在看一场戏。

是，是她一手安排的戏。

她对同门师弟妹的性格、行动了如指掌，他们逃不出她的手心。

沈镜华忽然觉得害怕。

难怪她愿意今晚撤走，原来她一早已达到目的。

沈镜华悄悄松开金瓶的手。

这时，警察与救护人员进屋去，用担架抬出一个人，接着，又有另外一个人浑身血污，被警察押着出来。

站在不远之处的邻居兰加拉太太惊呼："是王太太，王太太杀了王先生。"

玉露听见叫声，蓦然转过头来，神智不大清醒的她忽然笑了。

玉露一向会在最不适当笑的时候笑。

这一次也不例外，在警车蓝色警示闪灯下，她双目通红，一脸血污，那笑容更显得无比诡异。

忽然，她像是在人群中看到什么。

"眼睛，"她尖叫，"眼睛到处追随我。"

她被带进警车内。

这时，邻居已被吓呆，也有人怕事，回转屋内。

那兰加拉太太一直喃喃说："怎么可能，一直都是恩爱的一对，莫非遭到邪恶神灵的妒忌？"

警察一直工作到天亮。

金瓶不能在这个时候提着行李离去，只得煮了咖啡与沈镜华提神。

沈镜华这时才缓缓回过气来。

接着，记者也赶到现场。

看样子闹哄哄起码要吵到下午。

沈镜华说："大家休息一下吧。"

金瓶开了电视看新闻。

记者这样说："……一个寂静的市郊住宅区发生命案，年轻的怀孕妻子因怀疑而杀死丈夫，邻居大为震惊，受害人已证实不治……"

金瓶不出声。

她坐在藤摇椅上沉思。

过了很久，沈镜华轻轻叹一口气："罪有应得。"

没有人回答他。

他走过去一看，发觉金瓶在藤椅里睡着了。

沈镜华不出声，静静凝视这个女子。

他认识她吗？其实不。他愿意娶她为妻，与她生儿育女吗？他战栗，不，经过昨晚，他改变了主意。

金瓶忽醒转，看到沈镜华，微微笑。

她说："我真不中用，怎么睡着了。"

大事已办妥，了无心事，自然松弛下来。

"咦，对面人群已经散去，我们可以动身，请唤司机来接。”

沈镜华打电话叫司机。

金瓶非常了解地看着他：“你可是有话要说？”

沈镜华尴尬：“什么都瞒不过你的法眼。”

金瓶笑笑。

他低声问：“下一站你到什么地方？”

金瓶调侃他：“到你家，见家长，办喜事。”

他不敢出声，手心冒汗。

忽然之间，他有点怕她。

金瓶叹口气：“你放心，我不爱你，也不会恨你，只会永远感激你。”

沈忍不住把她拥在怀中，她把脸靠在他强壮的胸膛上。

沈镜华落下泪来。

他知道是说再见的时候了。

与这样一个女子在一起，终有一日惹恼了她，届时，她不动声色就会置他于死地，他不知会是站着死还是坐着死。

他不敢再爱她。

司机来了。

他们上车离去。

同门

陆·

能够原谅是多么美好的一件事。

小小的住宅区又恢复了宁静，只有警方用的黄胶带显示屋子内发生过意外事。

金瓶没有往回看。

沈镜华问：“你打算怎么样？”

“我想好好休息。”

“去何处？”

“我会同你联络。”

“记住，别忘了我。”

金瓶笑着点点头。

她的笑，再也不是从前那嫣然展开，自心底发放的喜悦。

受过伤的人，到底不能完全恢复本相。

他送她到飞机场，她的第一站是南往佛罗里达南滩。

最终目的地是何处，她没说，他也不问。

沈镜华回到他的大本营。

他忽然觉得生活比往日乏味，酒不再香，糖不再甜，而且不论吃什么都没有味道。

他瘦了许多，整日发脾气，又要关闭俱乐部重新装修。

一个比较大胆的女伴说：“沈镜华可是更年期了。”

一日，俱乐部打了烊，人人都走了。清洁阿婶正在打扫，她播放一卷陈年录音带自娱，沈镜华忽然回来拿一些东西。

他听见歌手如泣如诉地唱：“我再也不知为什么，其实不是我的错，相爱又要分手……”

刹那间，靡靡之音撞入他心头，他忍不住，蹲在一个角落，趁没有人看见，痛快地哭了一场。

没多久，亲人介绍一位娟秀的小姐给她，来往了三两个月，他就同意结婚。

约会的时候，他喜欢走在她身后三五步，看她纤细的腰肢。

她有时会转过头来向他一笑，他欣赏她不多话，他们举行了盛大婚礼。

意料之中，金瓶并没有同他联络。

但是她看到了当地华文报上的新闻。想送一件礼物聊表心意，不过，送什么给一个什么都有的人呢，也许，最佳的礼物是永远失踪，不再去骚扰他。

她摊开报纸研究那小小照片。

身后有人问："谁，谁的结婚照？"

金瓶转过头去，微笑说："一个朋友。"

站在她身后的正是岑宝生，金瓶最终回到他身边。

岑君体型清减不少，头发胡须都已修短，前后判若两人，唯一不减的是他的疏爽大方。

金瓶看着他笑，"我的运气真好。"

"无端端说起运气来，经过那么多，也不怨天尤人，我就是喜欢你这样。"

金瓶把报纸放下来。

"史医生怎么说？"

“他也救不了脸颊上若干神经线，说手术已做得无懈可击，但是人工到底与原先的天工不一样。”

“疼痛呢，那电子控制镇痛内分泌可有用？”

“好多了，可以正常做人。”

她折好报纸，听见门外有人叫地。

原来是一帮孩子叫她出去放风事。

金瓶欣然答允。

岑宝生重新摊开报纸，只见一段新闻这样说：“侨领沈镜华小登科，新娘系出名门，是著名中医师卓辉千金……”

报纸在伦敦出版。

岑宝生大约知道发生了什么事：又一个人等不及，结婚去了。

他笑笑放下报纸，去看金瓶放风筝。

她抬出一只大凤凰纸鹞，手工精致，颜色斑斓。与孩子们合作，正好风来，一下子翻上天空，不消一刻，已飞上半空，蓝天白云衬托下，翱翔天空，栩栩如生。

大家都看得呆了，拍起手来。

半晌，金瓶累了，把线辘交给孩子们。

他们缓缓把凤凰放下来，改玩西式风筝。

金瓶去淋浴，头上裹着毛巾出来，看见岑君还没走，她温和地坐到他身边。

“你可是有话要说？”

“真是什么都瞒不过你的玻璃心肝。”

金瓶笑：“我还有水晶肚肠呢。”

“转眼间，你师傅辞世已经两年。”

金瓶黯然，“我还以为是周年，时间过得开始快了，这是人老了才会有的感觉。”

她觉得头重，解开毛巾，可以看到头部做过手术的痕迹。

“金瓶，我接到消息，玉露想见你。”

金瓶抬起头，“玉露？”像是一向不认识这个人，从来没听过这陌生名字。

“是，她终于明白到了，你尚在人间。”

“不，”金瓶微笑，“我早已死了，此刻的我，再世为人，从前的事，再也不记得了。”

“她在监狱中，最快要到二十二年后才能假释。”

金瓶忽然说：“让我们谈一些比较愉快的话题：咖啡价格又要上涨，恭喜恭喜。”

“这半年来你生活可还舒畅？”

“十分快活。”

“可会静极思动？”

金瓶笑，“你有生意转介？”

“想你帮忙才真。”

“是什么事，赴汤蹈火，在所不辞。”

岑宝生也笑：“是这样的，我有一个朋友，他在著名的 PB 设计屋打工十年，合约届满，他自立门户，正要举行首次展览，PB 控告他抄袭。”

金瓶想一想，“抄袭官司很难胜诉。”

“可是已下了禁制令，他不能开门做生意。”

“为什么这样大怨仇，可是一男一女？”

岑宝生笑笑：“我介绍这个天才横溢的设计师给你认识。”

“真没想到一个种咖啡的人会同艺术家做朋友。”

“他上至天文下至地理都懂一些，生性活泼，你会喜欢他。”

金瓶忽然想到秦聪，她沉默不语。

前世的事老是干扰她的心灵。

黄昏，他们在海滩上烤鱼吃，拌一大盘杂果蔬菜，还有几瓶甜香槟酒。

吃到一半，金瓶说：“最近老是瞌睡。”

“医生说是你身体的正常现象。”

岑宝生站起来，笑着说：“客人来了。”

金瓶转过头去，看到一个金发蓝眼的美少年，长得像希腊神话中的纳斯昔斯。

“请坐。”

他穿白衣白裤，轻轻坐下，自斟自饮。

“你有什么事可同金瓶讨论。”

“我有一叠设计图在 PB 处，她因此威胁我。”他十分懊恼，“她告我抄袭自己，多么荒谬。”

金瓶不出声。

一见少年，她已明白这是一男一女之间反目成仇的事，不易解决。

“设计可是已经制成样板？”

“她根本不打算采用，所以我才不予续约。”

金瓶问：“你打算把设计取回？”

“是的，请帮忙。”他向她鞠躬。

金瓶笑：“可否和谈？”

少年面色一沉，“我与她，没有什么好谈。”

这才是问题。

“也许，可以用一个中间人。”

“双方律师费已超过百万，谈来谈去，不得要领。”

岑宝生摇摇头。

“劳驾你替我取回图样。”

金瓶微笑：“我已洗手了。”

他一听不知多沮丧：“真不幸。”

金瓶说：“来，喝一杯。”

他已经喝空一瓶香槟，“不幸中的大幸是，还能喝朋友最好的酒以及叫朋友听我的苦水。”

坐了半晌，失望渐渐减退，他告辞。

岑宝生问：“不想出手？”

“我这双手，不再灵活。”

他把手放在她肩上，表示支持她的任何决定。

他不过是怕她日久生闷，无聊，无所事事，才建议她做些什么，她既然不愿意，也无所谓。

可是那个傍晚，金瓶已经在收集资料。

那金发少年在时装界叫坏小子罗林，从未正式上学，寡母在贫民区一间舞厅附近开一间小小缝纫店，专门替小姐们修改衣裳，罗林自小就在店内帮忙。

真是传奇，十三四岁他便到城内学艺，碰到 PB，一间叫波宝的公司，与主持人一拍即合，短短几年间各有所得，迅速名利双收。

今日，双方闹翻。

金瓶感喟，当年，她也急急向师傅争取更多，想与秦聪结婚。

岑宝生站在她身后，“人生充满颜色。”

金瓶转过头来，“看，波宝女士比他大十多岁。”

“你对时装可有认识？”

金瓶嗤一声：“对我来说，衣服但求整洁，穿暖，目的已达，余者一无所知。”

“那你会喜欢波宝及罗林的设计，看……”他指一指电视屏幕，“多么简洁，恰到好处。”

“可是你看售价！一件春装可买一辆车了。”

“廉价的不叫时装。”

金瓶说：“在外行如我看来，平平无奇，何必为那几张图样纷争，一定别有原委。”

必然是他想离开她，她却不甘心。

或是他想把名字加入公司做合伙人，她不允许。

总而言之，是条件谈不拢。

波宝公司总部在纽约第五街。

波氏身世也很巧妙，她随母亲改嫁，继父拥有一间小型制衣厂，继父去世，没有子女，由她继承那间制衣厂，发扬光大。人生充满机缘巧合，是你的终归是你的。

照片中的波宝女士很明显，芳华早已逝去，眼角与嘴边都松弛下来，仍然穿着大低胸晚礼服，不甘示弱。

岑氏说：“我们到沙滩散步。”

晚霞如锦，孩子们在沙滩找贝壳，情侣靠在棕榈下喁喁细语，老人也不寂寞，大概在说当年事吧。

那天晚上，金瓶没睡好。

她梦见师傅在镜台前梳头，伸手招金瓶：“过来，有话同你说。”

她双手仍戴着白色手套。

她说：“越是最亲近你的人，越是会加害于你。”

金瓶想接过梳子，替师傅把头发梳通，有人伸手过来，接过那一把玳瑁镶边的梳子。

呵，是玉露，她笑笑说：“师姐，许久不见，你好。”

师傅问：“秦聪呢，就差他一个，为什么不见他？”

玉露悲切地说：“师傅，秦聪被金瓶害死，她得不到他，没人可以得到他。”

金瓶没有为自己分辩。

只听得师傅说：“呵，师门多么不幸。”

金瓶惊醒。

她靠在床上喘息。

抬起头，像是看见他们三个穿校服扮学生嘻嘻哈哈，在街头说笑吃冰激凌穿插人群间，转瞬得手。

盗亦有道，他们一直放过老翁老妇，还有，貌似贫病的途人。

她闭上眼睛。

金瓶伸手摸自己的面颊，已经没有知觉，耳壳除下，像耳环似放桌上。

她的心又刚硬起来。

第二天一早，岑园又来了一个客人，坐在露台上，一边吃茶，一边喃喃咒骂。

金瓶在梯间打量她，呵，是波女士到了，没想到两人都是岑宝生朋友，相识遍天下就是这个意思。

岑氏抬头，看见金瓶道："呵，我来介绍。"

波女士蓦然回首，一双碧蓝眼睛仍然炯炯有神。

她转怒为喜："这样漂亮年轻的女友，老岑你可留得住她的人与心。"

岑宝生没好气："有人登上龙门穿金戴银之后，不愿再见旧时猪朋狗友就是怕这样的狗嘴。"

波女士笑说："别见怪，我们几十年老朋友了。"

口口声声提着老字，叫岑氏无限尴尬。

岑宝生说："波小姐，退一步想海阔天空。"

"他为什么不退，你为什么不退，为何偏偏叫我退？"

"把图样扔回给他，忘记他，岂不是好事？"

"我不做这种好事。"

"卡拉已经贵为郡主，你不宜再加追究。"

卡拉，卡拉又是谁？

波女士不出声。

岑宝生向金瓶解说："卡拉是波的独生女。"

呵，母女共恋一人。

"是，卡拉嫁得很好。"

"现在，她叫希腊的卡拉，丈夫虽然没有国土，但光是名衔，已经叫人艳羡，若非罗林撮合，还没有这样好的结果。"

金瓶坐在一旁不出声。

太凑巧了，这像是一台戏，由岑宝生导演兼合演，叫剧中人说话给金瓶听。

金瓶但笑不语。

岑氏说："冤家宜解不宜结，不要再计较了。"

波女士恨恨地说："我把他自舞女堆里捡垃圾般拣出来，教他养他，他知恩不报，还顺手牵羊。"

金瓶站起来，轻轻走开。

花园里种着芬芳的蛋黄花，金瓶摘一把在手，深深嗅着，又采一朵大红花，别在耳边。

波女士说的都是事实，那罗林的确不像话，但他既然有个绰号叫坏小子，大抵也不算虚伪，她们母女那么喜欢他，当初一定有所得着。

金瓶叹口气。

波女士要走了，"我只想听他说声对不起。"

女人有时真奇怪。

对不起有什么用，青春不再，心灵结痫，自尊难挽。

"客人走了。"

"来去匆匆。"

"是，她在纽约还有事要忙。"

"宝生，这次你难为左右调解。"

"真希望他俩可以庭外和解，莫再令律师得益。卡拉早已嫁人，亦已怀孕，孩子冬季出生，贵为女大公，还有什么恩怨。”

“凭波女士的名与利，亦不愁找不到更好的男伴。”

“所以，还咬牙切齿干什么！”

这些话，其实都说给金瓶听。

这时金瓶摊开手，她手中一套胶模子，上面印着五六把钥匙印。

“咦？”岑宝生大乐，“什么时候下的手，你根本没有接近她呀。”

金瓶微微笑，又在波女士喝过的杯子上套取了她指模。

“我到纽约去一趟。”

估计那套设计图放在公司里头。

过两天，金瓶在波宝公司接待处出现。

波女士百忙中亲自迎出来：“宝生的朋友即我的朋友。”

“我顺道来取时装展览入场券。”金瓶微笑。

“我即时叫秘书替你登记。”

她招呼金瓶在宽敞的私人办公室内喝茶。

金瓶悠闲地四处打量。

秘书催过几次，叫她开会，金瓶告辞。

那个黄昏，波宝的总电脑忽然瘫痪。

主管大叫："快召人紧急修理，十倍人工，在所不计。"

"修理人员已经下班。"

"救命！"

"慢着，电话有人听。"

"快请他来。"

"他十五分钟就到。"

众人松口气。

那时，天已经黑了。

人类科学再进步，看到天黑，总还有心慌的感觉，起早落夜，做了一整天，又渴又倦，都想回家。

有人说："明日又是另外的一天。"

不管了，最多明天早些回公司看个究竟。

波女士要参加一个慈善晚会，非回家装扮不可，派助手及秘书驻守公司："一有消息，即刻通知我。"

十五分钟内，写字楼里的人几乎走清。

修理员到了。

那年轻嚣张的助手头也不抬："总机在大班房里。"

秘书带他进去。

忽然，她的手提电话响了。

她立刻接听，是爱侣打来，她转背低声说："你在家再等一等，我马上回来。"心神荡漾，巴不得自窗口飞出去。

收好电话，她煞有介事地问修理员："什么事？"

修理员微笑答："插头松出来。"

顺手插好，屏幕上立刻图文并茂。

秘书松口气，立刻打电话同上司报告："已经修好。"

修理工人收拾离去。

她取起手袋，这下子可真的下班了。

走到大堂，发觉那名助手早已离去，玻璃门外还有两个修理人员在等。

秘书诧异："你们干什么？"

"修理电脑。"

"呵，已经做妥，没事了。"

大家都松一口气，再也无人追究来龙去脉，左右不过是一份工作而已，目的不过是赚取薪水。

秘书启动警钟，锁上大门。

她当然不知道转背听电话之际，那冒牌修理人员已经打开了她老板的夹子。

夹子在橱内，先用钥匙打开柜门，再用左手大拇指指纹在小型电脑荧幕上核对，夹子自动打开，金瓶早已得到钥匙与指模。说也奇怪，夹子里只有一卷图样，其余什么也没有，可见对图样是多么重视。

待秘书转过头来，已经大功告成。

那修理工人，当然是金瓶。

她在街角打了一个电话给罗林。

他身边隐隐有音乐声，一听是她，他立刻说：“我立刻出来见你。”

他们约在横街相熟的小小酒吧。

罗林戴一顶绒线帽子遮住耀眼的金发。

走进酒吧，他四处张望。

“这里。”有人举手招呼。

他一看，见是岑宝生，过去紧紧握手。

“你来了也不通知我一声，女伴有无同行？”

一个少年转过头来微笑，罗林吓一跳，以为友人交友条件已变，可是稍一留神，便发觉那双眼睛属于金瓶，他朝她点头。

这时，岑宝生轻轻说："罗林，你看这是什么。"

他取出图样交给他。

那坏小子当然认得，忽然泪盈于睫。

"罗林，她把画还给你，只想听你一声道歉。"

他忽然释然，官司的劳累，恩怨的包袱，都叫他不胜负荷。

他也想结束此事。

他点点头。

"去，去说声对不起，她在华道夫酒店为共和党筹款，人多，不会叫你难看，去邀她跳舞，道完歉就可以走。"

他哽咽："谢谢。"

他把图样抱在怀中，离开酒吧。

岑宝生说："金瓶，我们喝一杯。"

金瓶干杯，"凡是与知己一起享用的皆是好酒。"

"说得好，金瓶，你怎样得手？"

金瓶微笑，“人们对时间观念根深蒂固……吃顿饭约一小时左右，更衣约二十分钟，做得太慢，旁人会不耐烦。开锁，约莫需要三十秒，手快是秘诀，若在五秒内完成，一般人的感觉是没有可能，便会疏忽。”

“呵，秘诀是快。”

“做生意也要快，这叫着先机，拔头筹；领导，莫跟风。”

岑宝生点点头。

“我们走吧。”

那一边，换上礼服的罗林出现在舞会里，他在人群中找到穿金黄缎子大篷裙的波女士。

她看到他，一呆，身不由己，被他带到舞池。

“你来做什么？”

“我特地来道歉。”

“什么？”

“对不起，我伤害了你，对我的恣意放肆，我深感歉意，我衷心赔罪。”

想到他自己的出身，多年艰苦挣扎，这个女子给他的帮助，今日，她又愿意让步，他双目通红。

她愣住半晌，没有流泪，但是舞步踉跄，她点点头。

“我原谅你。”

这时，宴会嘉宾鼓起掌来，“致辞，致辞。”

他们把波宝拥上台去，她在台上往下看，那金发美少年已经离去。

不愧是老手，她抑扬顿挫地把一早准备好的讲词读一遍，忽然，她开始饮泣。

众人大声鼓掌。

这时，金瓶已在岑宝生的私人飞机上休息。

她忽然说：“宝生，你不怕？”

岑宝生抬起头，“怕什么？”

“怕我偷你的财物。”

他大声笑：“我的即是你的，我不会偷我自己的东西，你也不会。”

金瓶知道她找对了人。

她闭上双目假寐。

岑宝生轻轻说：“能够原谅是多么美好的一件事。”

金瓶不出声。

她当然知道他在说什么。

小型十二座位飞机在太平洋上空飞过，漆黑一片，金瓶却不觉惊惶。

她握住岑宝生的手。

“金瓶，我们结婚吧。”

金瓶点点头。

他与她都没有亲人，都不打算邀请朋友。

相识遍天下，五湖四海，三教九流，万一挂漏，反而不美。

他们只打算在当地报上刊登小小一段结婚启事。

金瓶决定送自己一件大礼。

她把沈镜华给她的头发拿到化验室去。

她很坦白：“我想看看，这绺头发的主人与我有否血缘关系。”

化验人员答：“那很简单，请你也留下一绺头发。”

金瓶回家等待消息。

举行婚礼那日上午，她接到化验报告。

“两缕头发绝不相同，你与那人毫无关系。”

金瓶只啊了一声，挂上电话。

沈镜华找错人了，她与齐教授并非父女。

主婚人催她，金瓶套上当地人叫嫫嫫的宽身花裙走到花园。

岑宝生替她套上一枚简单金指环。

孩子们一宇排开，载歌载舞，园子里酒香花更香，金瓶微微笑。

她有心事，岑宝生何尝不是。

他一早已把头发换过，何必节外生枝，失去的早已失去，存活的也已侥幸活下来，世上只有她与他岂非更好，要一大堆亲人来干什么。

他把塑料袋里的头发换过，且莫管齐础是否同金瓶有血缘，他根本不想知道。

金瓶最终拿到化验室的，是他岑宝生的头发，他要保护妻子。

他们驾车到山上，热带雨林郁葱葱遮住整个平原，他说："这片土地，我赠予你。"

金瓶点头。

接着半年，她什么也没有做，守在家中，看书、写字，教孩子们折纸，做手工。

时间过得很快，黎明即起，转瞬亦已黄昏，她与丈夫形影不离。

初冬，她同他说：“宝生，我有一件事要做。”

他想也不想：“我陪你去。”

“这件事，不需要人帮忙。”

“我不会放心。”

“大江南北，我走了多少路，我有我本事。”

岑氏沉默。

“还有，别派人盯着我。”

“若不让司机、保姆跟着一起出发——”

“嘘……”她的手指按在他的嘴唇上。

隔了很久他才说：“奇怪，遇见你之前的日子是怎么过的？”

金瓶微微笑。

她一个人动身，是去见玉露。

监狱里人员看着她良久，这样说：“岑太太，你的名字并未在探访名单上。”

“我最近才知道她在这里。”

“你需重新申请。”

“需时多久？”

“我们会尽快通知你。”

对方已不想多谈。

金瓶啼笑皆非，每次她想循正当途径，奉公守法做一件事，可是总是困难重重，诸多阻挠，真不明白普通百姓怎样办事。

她不得不拜访著名律师朋友，托他找到有力人士，取到探访权。

五个工作日就这样过去。

岑氏在电话里静静地问：“见到人没有？”

“还有些手续要办。”

“做什么消遣？”

“观光。附近有一家军器博物馆，杀人武器非常先进，原来 B6 隐形飞机外身罩有避雷达薄膜，每次执行任务返回地面，都需小心修补，像女性补妆一样。”

岑宝生笑。

“我第一次想家，从前没有家，无家可归，无家可想。”

第二天一早，律师给她消息。

“当事人愿意见你。”

金瓶松一口气。

“她不是危险罪犯，那意思是，相信她不再会对其他人安全构成威胁，故此你们可以在独立房间说话。”

金瓶点点头。

“岑先生来过电话，嘱咐派人照顾你。”

这次金瓶没有拒绝。

随行的，是一位中年妇女，退休前，曾在监狱任职。

金瓶终于见到了玉露。

玉露轻轻坐到她面前。

两个人的样子都变了，彼此都觉得，在街上偶遇，一定认不出来，会擦身而过。

只听得玉露轻轻说：“知道你要来，整天吃不下饭，紧张得不得了，现在倒好了。”

金瓶没想到她愿意那样讲话，心情那么平静。

“我在这里，有几个好朋友。她们主办一个受虐女性会，我也是会员之一，我正修读法律课程，律法这件事，十分有趣。”

她似真正释放了自己。

“反正要在这里度过终生，不如安安静静生活。”

她的身型宽壮一倍以上，双手粗糙，但是她不再在乎。

终于，话说到正题上去。

金瓶问：“什么时候，发觉我还在人世？”

“是秦聪告诉我。”

“什么？”

她很安静，笑一笑：“秦聪双手握着刀柄，想把它拔出来，电光石火之间，他明白了，他说：‘金瓶，我知道是你。’我当时知道，你其实就在我们身边。”

金瓶轻轻问：“师傅怎么说？”

“师傅说，残害同门，罪该万死。”

玉露忽然又笑了。

嘴巴一咧开，可以看到她少了几颗牙齿，乌溜溜一排洞，有点可怕。

“师姐，托你一件事。”

“必定替你办到，你说吧。”

这时，狱卒踏前一步，“时间到了。”

随行的中年太太立刻说了几句话。

金瓶催她，“快讲。”

“我有一个女儿。”

金瓶一怔，是那胎儿，托世为人，已经生了下来，遇风就长。

“她在哪里？”

“此刻由福利署托管，请代为照顾。”

“我会找到她。”

玉露又一次在不应该笑的时候笑出来，“请善待她，视她为己出，并且，不必告诉她出身，不用提及我的存在。”

金瓶点头，“遵嘱。”

这时，闸门打开，制服人员带走玉露。

她向师姐深深鞠躬，然后，转身头也不回地离去。

金瓶明白了。

她见她，是叫她照顾那幼儿。

离开监狱，门外有一辆黑色大车在等她们。

车窗放下，是岑宝生。

金瓶立刻坐到他身边，紧紧握住他的手。

律师很快找到了那幼儿。

她已经一岁多，寄养在一户指定人家，那家人一共有四个孩子，住在紧凑的公寓。

金瓶去探访她，她一眼就把她认出来，个子小小，穿一件旧 T 恤当袍子，赤脚，足底有厚茧，显然从来没有穿过鞋子，乌黑浓发纠结在一起，看上去似流浪儿童，但是她有特别白皙的皮肤，以及一双明莹的大眼睛。

金瓶蹲下，“过来。”

她轻轻用中文叫她。

那孩子听懂了，转过身子，看着金瓶。

金瓶微微笑，“你跟阿姨回家好吗？同阿姨一起住，阿姨教你读书。”

那孩子忽然笑了，露出几颗雪白小小乳齿。

金瓶站起来，对律师说：“赶快办理手续，我要把孩子带走。”

律师答了一声是。

金瓶与岑宝生到公园散步。

天气冷了，她穿着一件镶狐皮领子的大衣，仍觉得寒气逼人，刚想走，看到一辆空马车，忍不住拉着岑宝生上车。

马夫给他们一张毯子遮住腿部保暖。

岑说：“那小孩长得同你师妹一模一样。”

“是她所生，当然像她。”

“将一个小孩抚养成人是十分重大责任。”

“我不接手，她也会长大，我已答应她母亲。”

蹄声踏踏，马车走过池塘，惊起几只孤雁。

“这么说，你是已经决定了。”

“我亦尊重你的意见。”

“岑园一向多孩童进出，添一个不是问题，将来你打算怎样向她交代身世？”

“将来的事将来再说。”

“其实还有折中办法，把她寄养在一个环境比较好的家庭里，比由你亲手抚养更加理想。”

他不赞成。

金瓶微微笑。

“真想不到你会反对。”

“我在大事上颇有原则。”

“愿闻其详。”

“金瓶，这个孩子的生母杀死丈夫身陷狱中，你怎样向她交代？”

“也许，我的身世也与她类似，只是没有人告诉我。”

岑宝生叹口气：“既然你都衡量过了，我也不便反对。”

“我早知你不会叫我失望。”

她用双臂把他箍得紧紧，岑宝生又叹一口气。

岑园，从此一定多事。

第二天，岑宝生先起来，他与律师在书房见面，签署文件。

片刻金瓶跟着出来。

“今日已派人接她到儿童院居住，由专人照料，直至文件通过。”

“他们怎样评估这个孩子？”

“发育正常良好，聪明、善良、合群，愿意学习，笑容可爱。”

岑宝生点点头。

“她在监狱医院出生，”律师感喟，“一般领养家庭一听便有戒心。”

岑氏说：“那也不表示她不应有个温暖家庭。”

“岑先生岑太太，我很敬佩你们。”

岑宝生看妻子一眼，“我们回去等消息吧。”

金瓶轻轻说：“你同你那些朋友打个招呼，叫他们快些办事。”

岑宝生点点头。

他心底有难以形容的复杂滋味。

当年他邂逅她师傅，伊人没有留下来，他遗憾了十年。然后，她终于回头，但已经病重，他陪她走了最后一程。

一年前，最最令人意想不到的事发生了。

那一日，他视察工地回来，满身汗污，自己都觉得身有异味。吉普车到达家门，管家迎出来，告诉他，有客自远方来。

他一愣，“谁？”

“是那位叫金瓶的小姐。”

“他们三个人一起吗？”

“不，只有她一个人，我已招呼她到客房休息，她——”管家欲语还休。

“她怎样？”

“她很瘦很憔悴，仿佛有病。”

岑宝生耳畔像是打了个响雷。

呵，病了，像她师傅一样，受了伤，最终回到岑园来。

岑宝生十分庆幸有个地方可以给朋友休养。

他说：“立刻请陈医生。”

管家去了片刻回来：“陈医生在做手术，一有空马上来。”

他脱下泥靴，上楼去看客人。

只见金瓶和衣侧身倒在床上，背影瘦且小。

他轻轻走近，她没有醒转，做她这一行最要紧便是警惕，她一定是用过麻醉剂了，能够对岑园那样信任，他十分安慰。

他轻轻掩上门，吩咐管家："到六福中菜馆去借厨子来工作几个星期，把看得到海景的房间收拾出来。"

他淋浴梳洗，刮清胡须，忽然嗤一声笑出来，自嘲地说："老岑，做回你自己吧，大方磊落多好，反正再装扮，也不会变成英俊小生。"

他坐下来沉思。

他们同门之间一定发生了重大变故，三个人原先形影不离，现在只有她一个人负伤出现。

陈医生到了。

金瓶还没有醒来。

陈医生有怀疑，立刻推开房间，岑宝生有点焦急，可是他随即看到金瓶转过身子来。

她瘦削的面孔只有一点点大，不知怎地，脸颊有点歪。

陈医生细细问："你什么地方受过伤？"

金瓶细细说出因由。

陈医生仔细替她检查，岑宝生越听越脚软，背脊叫冷汗湿透。

金瓶能够生还，真是奇迹。

说完了，她仰起头说："想吃碗粥。"

管家刚好捧着小小漆盘上来。

陈医生与岑宝生走到书房。

他说："这种手术当今只有三间医院做得到，病人再世为人，不过她需要好好接受心理辅导。"

岑宝生跌坐在椅子里。

"她用麻醉剂镇痛，长此以往，会变瘾君子，我会替她用电子仪器调校内分泌，让身体自然应付。"

金瓶就这样住了下来。

岑宝生第二个问题也没问过：你的师弟及师妹呢，仇人是谁，以后打算如何……

她不说，他也不问。

当然也绝口不提"你想住多久"，就这样，一直到结婚。

现在，她要领养一个小女婴，这已是第三代了，师徒竟与岑园有这样的缘分。

岑宝生见过金瓶对秦聪的款款目光，不不，他不会妒忌，很明显她已再世为人，那部分记忆，可能早已在手术中切除。

岑园开始整理育婴室。

幼儿用品由专人逐一添置，样板摊开来，金瓶总是选择比较简单实用、色素低调那种，与岑园格调配合，这一点，与她师傅大不相同。

岑宝生提醒她：“律师问，她叫什么名字。”

“啊，早已想好了。”

岑不觉好奇，笑问：“叫什么？”

“在岑园长大，就叫岑园吧。”

“咦，好名字，既自然又好听。”

不久，那个小女孩由专人送到。

金瓶亲自去接她。

短短几个星期不见，孩子头上生了一些癣，敷着药，穿着不合身的纱裙。

金瓶走过去蹲下：“你还记得我吗？”

那小孩凝视她，忽然点点头。

金瓶将她抱起来，紧紧拥在胸前。她体重比一般同龄小孩要轻得多，金瓶觉得她抱起的是童年时自己。

“请陈医生来一趟。”

金瓶把孩子带入屋中，同她说：“以后，这是你的家，”她像是对自己说话，“这个家，永远是你的避难所，外头无论怎样风大雨大，门一直为你而开。”

医生来了，细细替孩子检查。

结论是：“略有皮外伤，敷了药无恙，注意卫生饮食。”

金瓶不住点头。

“小小一个孩子，已经住过好几个寄养家庭，心灵一定受到震荡，需要好好照料。”

“长大后会有不良记忆吗？”

“她不会有具体记忆，但是内心可能缺乏安全感。”

金瓶一直抱着孩子。

她打了一通电话。

只有简单的一句话：“孩子已经在我这里。”

这是叫玉露知道。

她每日亲自照料这个孩子。

她们两个人成为伴侣，形影不离。

她亲自替幼儿剪头发修指甲沐浴，半夜小孩惊哭，她把她拥在怀中，不声不响，轻轻拍打。

岑宝生十分讶异，长年累月这样，绝非一时兴趣。

幼儿渐忘过去，日长夜大，头发乌亮，皮肤细洁，穿着蓝白水手服，像脱胎换骨，十分可爱。

一日半夜，金瓶蓦然醒来，一时不知身在何处，迷糊间坐着想了一会，记忆才纷沓而至。

她忍不住走到邻室，捧起小孩的脸，幼儿醒来，“咦”的一声。

金瓶轻轻问：“我是谁？”

孩子答：“妈妈。”

金瓶又问：“你是谁？”

孩子答：“宝宝。”

金瓶满意了，把孩子紧紧抱在怀中，又再睡熟，一直到天明。

她不知道岑宝生站在门边，把一切看在眼里。

为了腾出更多时间与家人相处，他把生意责任下放。

一日，他十分无意地向金瓶提起："我差胡律师送了一张照片进去。"

金瓶一听，一阵麻意自头皮渐渐降落到手指尖。

她转动有点僵硬的脖子，轻轻问："谁的照片？"

"小岑园的近照。"

"给谁？"

"我托胡律师带进去给她生母看，好叫她放心。"

金瓶耳畔嗡一声："照片已经送进去了？"

"是，她看过之后，十分高兴，说了一句很奇怪的话，她说：'我明白了。'"

金瓶面色转为煞白。

"这件事，你事先为什么不与我商量？"

岑表示讶异："我现在不是同你说了吗？"

"你不知道我们的规矩。"金瓶苦涩地说。

"什么规矩？"

"叫人放心，不是好事。"

岑一怔："那么，下次换一句话好了。"

金瓶抬起头，看到天空里去。

蓝天白云，是个大晴天，双目受阳光刺激，不觉落下泪来，金瓶匆匆揉着眼睛进屋。

第二天接了小岑园放学回来，一进门，便看见胡律师坐在会客室。

岑宝生垂着头，十分无奈。

金瓶心中有数，她把孩子交给保姆，缓缓走过去："可是有什么事？"

"岑太太——"胡律师也觉难以启齿。

"请说。"

他终于鼓起勇气："狱中发生打斗，你的朋友不幸牵涉其中，伤重身亡。"

金瓶耳边嗡的一声。

她静静坐下来。

"事情发生得很突然……"胡律师本来想解释，但是聪敏的他又觉得在这种情形下，无论怎么都不能自圆其说，何用虚伪，他闭上嘴。

会客室里一点声音也没有，他们只听到园子里清脆的鸟啼声。

胡律师忽然很惋惜地说：“她终年二十一岁。”

这时，岑宝生问：“可要做些什么？”

金瓶看着窗外，过一会才说：“没有什么可做的。”

她站起来走到园子里去。

胡律师看着她背影，吁出一口气：“幸好岑太太不是十分震惊。”

不，岑宝生想说：你不懂得她。

但是他没有出声。

胡律师说：“我告辞了，有什么事，请即同我联络。”

管家送他出去。

岑宝生转头找金瓶，看见她在园子里与孩子们编花环，若无其事，与平时一样高兴。

岑宝生握住她的手。

金瓶把脸躲进他的手心里。

她就是为着这双大手与他结婚，他有力气、能力保护她。

他轻轻问："究竟发生什么事？"语气不安。

金瓶想了一会儿，"这是一宗意外。"

岑宝生觉得有可疑之处，不过又说不上来是什么。

他喃喃说："再过三五年，本来或许可申请保释，她只犯情杀，她对他人安全不构成威胁。"

金瓶不出声。

是他把孩子的照片交到她手中，叫她放心，既然如此，人家也只好叫他放心，用来换取幼儿的生活保障。她不在人世，也就是对他全盘信任，他一定会遵守诺言。

岑宝生是咖啡园主人，他不懂得那么多。

这时，保姆带着小岑园过来，孩子轻轻伏到金瓶膝上。

"妈妈，讲故事。"

"好，你要听嫦娥奔月，抑或是精卫填海。"

其他的孩子拍手："说那猴子王的故事。"

岑宝生悄悄退出。

他坐上吉普车，驶出去老远。

在半小时车程以外，有一个停机坪，那里有朋友在等他。

时间刚刚好，小型飞机刚停下，舱门打开，岑宝生走上飞机。

他的朋友是一个中年太太，听到声音，转过头来："宝生，从飞机上看下去，全是你的土地，传说你是美国第一大私人土地拥有者。"

岑宝生笑笑："不是我，那是有线新闻电视网络主人塔端纳。"

那位太太感喟地说："宝生，物是人非。"

岑氏点点头。

他们在飞机舱里喝咖啡聊天。

假使金瓶在场，她一定会认得，中年太太正是她熟悉的章阿姨。

"谁会想到其苓会烟消云散。"

岑宝生不出声。

"本来我看好金瓶，她最灵敏，也学得了其苓三成本领，可惜人大了心散，重伤之后，退出江湖，幸亏由你照顾她。"

岑宝生轻轻说："她精神大不如前。"

"奇怪，小辈反而退的退，去的去，我倒是越做越有兴趣，欲罢不能。我们那一代，工作是终身事。"

岑宝生笑一笑。

"现在你可以放心了，金瓶已返璞归真，再世为人。"

岑宝生点点头。

"这里真是世外桃源。"章女士感喟。

岑宝生问："最近忙些什么？"

章女士自手袋中取出一张中文报纸摊开来，只见全彩色大字标题，图文并茂，正是全球独一无二的香港报纸特色。

标题这样写："珠宝展览首日即遇窃，三千万首饰不翼而飞。"

岑宝生点头："大买卖。"

章女士却苦笑："其苓在的话会笑我没志气。"

岑宝生取出一只公文袋交到她手中。

"宝生，金瓶与外人再无任何联络，你无后顾之忧，可以放心了。"

她收下应得酬劳。

岑宝生忽然踌躇："我可是太过自私？"

"宝生，你未能保护其苓，一生耿耿于怀，这次郑重其事，也是应该。"

岑宝生说："多谢你的时间。"

"宝生，祝福。"

岑宝生走下机舱，飞机门重新关上，他把章女士专程载来，不过是说这几句话。

的确是岑宝生吩咐章女士带照片给玉露看过。

他不想金瓶再受到伤害。

最重要的是，他希望金瓶余生在岑园度过，不再步她师傅后尘。

飞机飞出去，只剩小小一个黑点。

岑宝生回转大屋。

金瓶在什么地方？

他四处找她。

孩子们已经散去，花串留在草地上，只是不见金瓶。

他就到屋里去。

到了楼上，岑宝生听见絮絮笑语声，呵，他心里一阵高兴，久违了，金瓶这笑声是难得的。

原来她在楼上书房，他轻轻走上去看个究竟。

门虚掩着，小小岑园穿着白色长裙站在金瓶对面，宛若小天使一般可爱，她笑嘻嘻听金瓶说话。

金瓶讲什么？

她背着门口坐着，这样对孩子说："我做你师傅好不好？从此，你叫我妈妈师傅，我把我所会的，全教你。"

岑宝生听见，呆住了。

金瓶继续说下去："你听着了，不要相信男人。我的师傅因为误信一个人，两只手变成残废，那个人却又离她而去；我因为误信一个人，看，耳朵都不见了。"

她把软胶耳朵除下给孩子看。

岑园耸然动容，"呵"的一声，走近细细看那只假耳朵。

"记住没有？"

小岑园抬起头来，忽然发觉妈妈手中拿着她的项链，咦，项链在什么时候除下，她懵然不觉，小女孩大奇。

接着，一低头，手镯也不见了，也到了妈妈手中。

她笑出来，觉得这手法新鲜好玩。

金瓶问：“想不想学？”

她笑着点头。

“来，来摘我的耳环。”

小岑园伸手过去，除下金瓶的耳环。

“不，不够快，来，快一点。”

小岑园又再伸手，这次，快了许多。

“还是不够快。”

金瓶把耳环戴在孩子耳上，岑园精乖地伸手去捂住，不让金瓶得手，可是电光石火之间，耳环不翼而飞，金瓶看到孩子错愕的表情，哈哈大笑，把她拥在怀中。

她问岑园：“想不想学？”

岑园大力点头。

岑宝生听见金瓶轻轻说：“师傅会全数教会你。”

岑宝生低下头，不出声，也没有推门进去。过了一会，他轻轻离去，重重地叹了一口气。

图书在版编目（CIP）数据

同门 /（加）亦舒著 . —长沙：湖南文艺出版社，2018.2
ISBN 978-7-5404-8501-6

Ⅰ . ①同… Ⅱ . ①亦… Ⅲ . ①长篇小说—加拿大—现代 Ⅳ . ① I711.45

中国版本图书馆 CIP 数据核字（2018）第 006022 号

© 中南博集天卷文化传媒有限公司。本书版权受法律保护。未经权利人许可，任何人不得以任何方式使用本书包括正文、插图、封面、版式等任何部分内容，违者将受到法律制裁。

© 本书简体字版经香港天地图书有限公司授权出版，如非经书面同意，不得以任何形式复制、转载。本书仅限中国大陆地区发行、销售。

上架建议：畅销 · 小说

TONGMEN
同门

作　　者：[加] 亦舒
出 版 人：曾赛丰
责任编辑：薛　健　刘诗哲
监　　制：毛闽峰　赵　萌　李　娜
特约监制：刘　霁　郑中莉
策划编辑：李　颖　张丛丛　杨　祎　雷清清
文案编辑：孙　鹤
营销编辑：贾竹婷　雷清清　刘　珣
封面设计：张丽娜
版式设计：李　洁
出版发行：湖南文艺出版社
（长沙市雨花区东二环一段 508 号　邮编：410014）
网　　址：www.hnwy.net
印　　刷：北京鹏润伟业印刷有限公司
经　　销：新华书店
开　　本：775mm × 1120mm　1/32
字　　数：120 千字
印　　张：8.5
版　　次：2018 年 2 月第 1 版
印　　次：2018 年 2 月第 1 次印刷
书　　号：ISBN 978-7-5404-8501-6
定　　价：42.80 元

若有质量问题，请致电质量监督电话：010-59096394
团购电话：010-59320018